NOUS NOUS AIMIONS

DE LA MÊME AUTEURE

CHEZ SABINE WESPIESER ÉDITEUR

LA MER NOIRE
2010

LES SÉPARÉES
2012

QUATRE MURS
2014

L'AUTRE JOSEPH
2016

CHEZ D'AUTRES ÉDITEURS

TOUT IRA BIEN
Arléa, 2014

BARBARA, NOTRE PLUS BELLE HISTOIRE D'AMOUR
Tallandier, 2017

UN CHANTEUR
Fayard, 2020

KÉTHÉVANE DAVRICHEWY DAVRICHACHVILI

NOUS NOUS AIMIONS

roman

SABINE WESPIESER ÉDITEUR
13, RUE DE L'ABBÉ-GRÉGOIRE, PARIS VI
2022

Le lecteur trouvera en fin d'ouvrage un glossaire expliquant les mots en italique dans le texte.

1

La scène se rejoue chaque année. Des années 70 à la fin des années 80. L'aéroport de Moscou. Gris, sale, terrifiant. Deux douanières les repèrent de loin.

« Voilà les Géorgiennes », dit la plus âgée.

La phrase, prononcée en russe, grinçante. Kessané appréhende la suite. On l'attrape par le bras, on la sépare de leur mère et on les entraîne, elle et Tina, dans la pièce sans fenêtre.

« Ce sont des enfants », dit Daredjane, leur mère, en russe, avant que la porte ne se referme.

Un élancement irradie le bras de Kessané. La douanière la relâche. Résister à se masser l'épaule, ne pas lui faire ce plaisir. Sa sœur s'est rapprochée, presque collée. Tina et elle ne se touchent jamais. Pas leur genre. Mais, dans ces circonstances, Kessané voudrait l'enlacer et la serrer. La paralysie la gagne.

« Regarde leurs jambes, chuchote-t-elle à sa sœur. Les collants soviétiques sont moches, mais leurs mollets sont fins et élégants.

– Leurs jambes ne vont pas avec leurs visages », répond Tina en esquissant le sourire escompté.

Les fillettes se tiennent debout devant les deux femmes. La fouille commence par leurs bagages. Des valises bien rangées comme Daredjane leur a appris à le faire et continue de l'exiger. « À quoi bon ? » Pourquoi s'obstiner à plier les vêtements, séparer les chaussures, aligner les affaires de toilette dans la trousse, caler les livres au fond pour les protéger ?

Leurs affaires sont éparpillées, jetées à terre. Les *khatchapouris*, les *tchoutchkelas*, les fromages de brebis empaquetés par Bébia avant leur départ, répandus, les bouteilles de *trémali*, ouvertes. Tina se met à pleurer quand le liquide se déverse sur leurs vêtements. Kessané tremble pour ses livres. Certains ne sont pas autorisés en Union soviétique. La plus jeune des femmes s'empare de Jane Eyre – sûr qu'elle ne connaît pas – et prend un plaisir vicieux à le feuilleter en malmenant chaque page, s'attarde à l'endroit du marque-page. Kessané retient son souffle, une tache de *trémali* se propage sur son passage favori. La douanière termine son manège, balance le livre et se plante devant les deux sœurs. Sa seconde de gloire. Sadique. Kessané laisse Tina se blottir contre elle et prendre sa main.

«C'est rien, dit-elle à sa sœur, un sale moment à passer. Bientôt on sera dans l'avion pour Paris.»

Elles sont parties de Tbilissi il y a quelques heures. L'escale à Moscou est obligatoire.

«On va le rater, elles le font exprès, dit Tina, j'ai peur que l'avion parte sans nous.

– Vos gueules, les gamines, dit la jeune douanière en russe. Je ne veux plus entendre un mot de français. C'est entendu?»

Sa collègue s'empare du cadeau de Bébia. Sa grand-mère l'avait soigneusement emballé dans du papier. Le paquet est démailloté et apparaît la précieuse assiette du XVIIIe, qui appartenait au service de table de leur arrière-grand-mère. «Chaque été, je t'en offrirai une», avait dit Bébia.

Se composer un masque d'indifférence. La femme finit par reposer l'assiette et s'approche. Kessané sent son haleine lui balayer le visage. Retenir son élan et ne pas remballer. L'assiette est fragile.

«Déshabillez-vous et vite.»

Les deux sœurs s'exécutent en tremblant. Elles posent leurs vêtements sur la chaise, mais les douanières les font délibérément tomber. Tina se penche pour les ramasser.

«Laisse-les où ils sont», ordonne la plus âgée.

Tina se tourne vers sa sœur, se met à sangloter.

«C'est sale, par terre.

– Ce n'est pas grave, on se changera après, dit Kessané, ne t'inquiète pas.»

Elle lui redonne la main. De l'autre, elle tente de couvrir ses seins.

«Comme si tu avais quelque chose à cacher. Plate comme une limande! Allez, bras en l'air.»

Les douanières ricanent. Chacune d'entre elles passe sa main sous leurs aisselles, ça les dégoûte et les chatouille en même temps, Kessané esquisse un rire qui s'étrangle dans sa gorge. Ne pas pleurer. Elles sont en culotte, debout, démunies, les bras levés.

«Toi, la petite, rhabille-toi.»

Les vêtements de Tina sont repoussés avec les pieds.

«Et la grande, enlève ta culotte.»

Kessané tente d'esquisser un mouvement, ses mains semblent peser une tonne.

«Je ne peux pas, murmure-t-elle en russe.

– Je n'entends pas, quoi?

– Elle ne peut pas, balbutie Tina dans un russe maladroit, elle vient d'avoir ses règles, c'est sa première fois.»

La voix de sa petite sœur devient aiguë et lui brise le cœur.

« Ne t'inquiète pas, répète-t-elle.

– Ça suffit, obéis ! » hurle la douanière en lui baissant la culotte d'un geste brusque.

Kessané perd l'équilibre, manque de tomber, le coin de la table lui entaille la fesse. La culotte et la serviette souillée glissent le long de ses jambes. La femme la retourne vers le mur, s'attarde derrière elle. De longues minutes s'écoulent avec cette présence inquiétante dans le dos. Le sang a coulé sur le sol et forme une petite flaque qui brille sur le lino. Kessané détourne les yeux, fixe le mur, elle ne trouve plus de mots pour sa sœur. Seuls les reniflements de Tina et son propre souffle saccadé perturbent le silence. Elle frissonne, même si c'est l'été. « Un seul et même été », se dit-elle. La veille, dans les montagnes du Caucase, elle voulait que les jours ne finissent pas. Se concentrer, faire apparaître le visage d'Othar sur ce mur glauque. Les traits de son ami lui échappent, ils s'effacent, déjà loin de la Géorgie.

« Crasseuse, assène la femme. Tu vas nettoyer ça. Et moi je me fais des cadeaux. Tu ne crois pas que je l'ai mérité ? »

Elle s'empare des paquets de serviettes hygiéniques apportés de France. Kessané remonte sa culotte et prend la serpillière dégoûtante que la femme lui lance à la figure, nettoie la tache en invoquant le sourire bancal d'Othar.

Les douanières les escortent jusqu'à leur mère. Daredjane les attend debout, immobile de l'autre côté de la porte. Elle ouvre les bras pour accueillir ses filles et invective les deux femmes en russe. Kessané ne saisit pas tout, mais la véhémence de sa mère l'inquiète.

« Maman, ce n'est pas grave, arrête, supplie-t-elle, tu vas les mettre en colère.

– On a raté l'avion, gémit Tina. On ne va pas pouvoir rentrer.

– Mais si, la rassure leur mère, on va en prendre un autre, Air France s'occupe de nous. Il va falloir attendre, c'est tout. »

Elles savent combien il est difficile de trouver des places sur la compagnie aérienne française, elles ont entendu leur père s'alarmer de l'argent dépensé. Kessané a mal au ventre et appuie ses coudes sur son estomac pour s'empêcher de vomir. Daredjane les serre contre elle, Kessané n'aime pas être enlacée, mais elle reste stoïque, immobile contre sa mère et sa sœur. Elles ne forment plus qu'un seul corps qui s'apaise peu à peu.

« Elle m'a pris mes protections, comment je vais faire ?

– Comment ça, elle les a prises ? Dans quelles circonstances ? »

Kessané fixe Tina, qui garde le silence. Leur mère renonce à poser d'autres questions.

« Ils t'en donneront dans l'avion, ma chérie. »

Daredjane fait face aux douanières avec dignité, récupère leurs affaires, referme les valises sens dessus dessous.

« Tu sais que, si tu es trop insolente, tes petites prendront l'avion sans toi, lui dit la plus âgée. Ici, tu n'es plus française, tu es soviétique, tu le sais, ça ? Soviétique. Alors je te conseille de ne pas me chercher. Sinon, je garde ton passeport et tu repars en Géorgie, pour y rester, cette fois. Sans elles. Compris ? »

La femme s'égosille, Kessané comprend l'avertissement.

Tous les étés, Daredjane est menacée de ne pas pouvoir repartir avec ses filles. Kessané a surpris une conversation entre son grand-père et sa grand-mère un soir en Abkhazie. « Tu te rends malade, disait Bébia, tu vas finir par avoir un ulcère si tu continues. Depuis le temps, tu devrais être habitué. – Jamais, répondait Babou. On ne s'habitue pas à la peur. Ils ont Daredjane dans le collimateur depuis qu'elle s'est mariée et est partie en France. Un jour, ça va mal finir. – Tu croyais qu'ils allaient la tuer, le rassurait Bébia, ici, ou en France. Mais rien n'est arrivé. Qu'est-ce que tu voudrais ? Qu'elle ne vienne plus en Géorgie ? Qu'on ne voie plus nos petites-filles ? »

« Tu sais ce qui arrive à ceux qui ont perdu leur passeport ? continue la douanière. Un jour, tu n'y couperas pas. »

Puis elle s'interrompt brusquement, se tait, regarde Kessané et chuchote :

« Pas si vite, j'ai oublié quelque chose. »

Elle rouvre la valise et s'empare de l'assiette précieuse.

« Non, elle est à moi », hurle Kessané.

Son propre cri lui perce le tympan. Sa mère la retient alors qu'elle veut se jeter sur la douanière.

« Non, non, non. »

Elle ne peut plus s'arrêter de crier.

« Kessané, calme-toi, ne te mets pas dans un état pareil. »

La panique de sa mère. La jubilation de la femme qui s'éloigne en brandissant le paquet comme un trophée. Kessané se laisse entraîner. Ses jambes la soutiennent à peine. Ses hurlements ont cessé brutalement. Sa gorge lui brûle.

«Je ne comprends pas. Qu'est-ce qui t'a pris? Ça aurait pu très mal tourner. Bébia te redonnera de la vaisselle.»

Comment sa mère peut-elle dire une telle bêtise? Sa sœur essaye de lui adresser un sourire consolant à travers ses larmes.

Pendant le voyage, Kessané ferme les yeux et cherche en vain le visage d'Othar, même l'étrange sourire a disparu. Elle note dans un carnet ce qui s'est passé, chaque geste, chaque parole des femmes de la douane. Par écrit, la scène devient une fiction et s'efface. Puis, comme elle ne sait pas dessiner, elle décrit l'assiette en détail. Cette fois, grâce aux mots, l'assiette ne disparaît pas complètement. Dans l'avion, Kessané flotte, au confluent de ses deux mondes, des deux Kessané. Elle reprend confiance, pense à leur père, qui les attend à Paris.

En France, elle retrouve Béatrice. Elles sont inséparables. Le week-end, Kessané l'invite parfois à venir avec eux en région parisienne, chez des amis de ses parents. L'homme est photographe, la femme journaliste, tous deux travaillent pour un magazine. Les larges baies vitrées de leur grande maison s'ouvrent sur un jardin qui file vers la Seine en contrebas. Des pièces spacieuses et claires. Des murs remplis de bibliothèques.

« Ce sont des collectionneurs », a dit son père.

Qu'est-ce qu'ils collectionnent ? a pensé Kessané, mais elle n'ose pas formuler la question. Des livres sans doute.

« Quel que soit l'endroit où on pose les yeux, c'est beau, a fait remarquer Béatrice.

– C'est vrai, chaque objet est magnifique », a acquiescé Daredjane.

Elles ont le droit de feuilleter les magazines et les livres d'art entassés sur la grande table basse. La fille des maîtres de maison, qui a l'âge de Tina, les supplie de jouer avec elle. Une cérémonie est organisée pour ses poupées, la chambre d'enfants doit être transformée en salon de thé. Kessané, Béatrice et Tina ne sont jamais allées dans un salon de thé, mais supposent que ça ressemble à un restaurant. Elles coopèrent à la mise en scène, déplacent les meubles, les objets.

Après l'installation, vient l'ennui, même si elles sont assises à côté de très belles poupées aux longs cheveux et aux chapeaux multicolores, avec du vrai jus de fruits servi dans les tasses en porcelaine. Kessané se balance sur sa chaise, perd l'équilibre, se rattrape à la nappe et finit par tomber, entraînant dans sa chute le service et les boissons. Quelques chaises ont basculé et les jouets ont volé sur le tapis. Le salon de thé est maintenant un terrain de jeux en vrac. Kessané éclate de rire et se tourne vers les autres pour partager son hilarité, mais Béatrice et Tina sont pétrifiées et leur hôtesse fond en larmes.

« Tu es méchante, tout est foutu, c'était des tasses très anciennes, même la chaise est cassée. »

Les adultes accourent et, en voyant leurs têtes, Kessané comprend l'ampleur du désastre. Ses parents ne cessent de s'excuser. Personne ne lui demande si elle s'est fait mal.

Dans la voiture, sur le chemin du retour, règne un silence inhabituel, ils déposent Béatrice chez elle. Quand ils se retrouvent tous les quatre, Kessané demande :

« Pourquoi on n'a rien de précieux chez nous ? »

Ils habitent un pavillon avec un petit jardin au Vésinet. Daredjane et Tamaz ont emménagé là après quelques années à Paris. « Pour que nos enfants jouissent de la campagne. »

« Parce qu'on ne veut pas que tu saccages tout, plaisante son père, faisant comme toujours sourire sa mère.

– On possède quand même quelques objets qui viennent de Géorgie, dit Daredjane.

– Tu n'as rien rapporté de là-bas, souligne son père.

– J'ai fait comme j'ai pu.

– Ça n'était pas un reproche, Daredjane, dit Tamaz, on a tout ce qu'il nous faut. Et Conforama, c'est bien plus simple.

– On n'a pas de beaux meubles anciens, insiste Kessané.

– Il faut avoir de la place pour les antiquités, répond son père, nous, on a pensé pratique.

– Oui, ton père est astucieux, renchérit Daredjane, tout est fait pour gagner de la place.

– Quand même, je trouve que c'est beau, l'ancien.

– Ça suffit, Kessané, tranche sa mère, tu nous embêtes, on n'est pas comme eux.

– Si ça t'intéresse, je t'achèterai des livres, dit son père.

– Quels livres veux-tu lui acheter? demande Daredjane.

– Je ne sais pas, des ouvrages sur l'histoire de l'art, de la vaisselle, du mobilier.»

Daredjane se fige, se redresse, Kessané sent un courroux qu'elle ne comprend pas s'emparer de sa mère.

«Elle a envie d'être journaliste, je ne vois pas en quoi l'histoire du mobilier peut lui servir.

– Elle est encore jeune, elle a bien le temps de savoir ce qu'elle veut faire plus tard, rétorque son père.

– Mais ce n'est pas la peine de lui donner des goûts de luxe. »

Kessané voudrait savoir ce que sa mère entend par des goûts de luxe, mais ne dit rien. Elle déteste les rares disputes de ses parents, encore plus si elle en est la cause.

« Quelle idée aussi de confier aux enfants des objets de valeur, dit Daredjane.

– Oui, c'est ridicule, admet son mari.

– Ils ne vont plus m'aimer, dit Kessané. Vous croyez qu'ils voudront quand même qu'on revienne ?

– Qu'est-ce que tu racontes, ma chérie ? Évidemment qu'on y retournera, la rassure son père. Ce n'est pas grave, ça ne changera rien. »

Mais un changement a lieu. Ils iront de moins en moins. Puis plus du tout. Est-ce que cet événement, insignifiant en apparence, en est la cause ? Kessané l'ignore. Elle n'oubliera pas la grande maison au bord de la Seine.

Ses parents ont mis la radio, qui diffuse *Le Masque et la Plume*. Ils font des commentaires, rient avec une connivence dont elle se sent parfois exclue. Elle en veut à Tina de s'être déjà endormie.

La voiture traverse la campagne dans l'obscurité comme un vaisseau spatial dans une galaxie lointaine. Kessané aime ce sentiment à la fois familier et inattendu. Tous les quatre la nuit, au milieu de nulle part. Son père au volant. Se laisser porter, protégée par l'habitacle, à l'abri du vent et de la pluie qui ont duré toute la journée. Un virage la propulse vers Tina. Elle sombre dans un demi-sommeil, plutôt une rêverie dont elle ne veut pas sortir. Elle est maîtresse de son rêve. Un instant à elle. Puis son père arrête le moteur. La porte claque. Les pas sur le gravier, puis le cliquetis de la serrure. Faire semblant de dormir en espérant se retrouver magiquement couchée dans son lit comme un bébé.

Elle se souvient de la sensation de froid quand la portière s'ouvrait, des parfums mêlés de ses parents, sa mère soulevait sa sœur, plus petite et moins lourde, son père la prenait délicatement dans ses bras, elle pesait de tout son poids sur lui, enfouissait son visage dans son cou, une odeur de tabac et d'eau de toilette. Elles étaient déjà prêtes pour la nuit, recouvertes d'une couverture le temps de monter à l'étage. Tamaz et Daredjane installaient leurs peluches entre leurs bras. Le singe pour Kessané, l'ours pour Tina. Daredjane s'asseyait au bord de leurs lits, les bordait, les embrassait. Kessané la dernière. Parfois, elle se réveillait et retenait sa mère un petit peu, lui réclamait une chanson. Daredjane s'allongeait sur le côté, passait son bras autour d'elle en fredonnant une berceuse géorgienne.

«Et papa?»

Son père revenait, se penchait et l'embrassait en chuchotant en géorgien, toujours en géorgien la nuit.

«*Kargat Daédziné patara gogona.* Dors, *Maimouni.*»

Son surnom voulait dire «petit singe».

Kessané prétendait ne pas aimer ses baisers trop bruyants et sa peau qui piquait.

«Comment ça, je pique?»

Il frottait son menton contre sa joue, puis celle de Daredjane. Toutes deux se mettaient à rire, doucement, pour ne pas réveiller Tina. Kessané demandait qu'ils laissent la porte entrouverte et elle se rendormait en écoutant les allées et venues dans l'escalier, la conversation de ses parents à voix basse.

Maintenant elle est grande, on ne la porte plus, on la réveille pour qu'elle marche. On lui demande même d'aider, de tenir la peluche de Tina et son sac à dos.

«J'ai froid, dit-elle.

– Chut, répondent-ils. Couche-toi, on viendra t'embrasser. »

Tina et elle ne dorment plus ensemble, elle a enfin sa chambre, aménagée selon ses goûts, ses posters, ses livres, ses disques. Tamaz et Daredjane se sont installés dans le salon. Au début, chaque matin, elle trouvait Tina couchée sur des coussins au pied de son lit. Elle la réveillait d'un coup de pied.

« Tu es chiante, je t'interdis de venir dans ma chambre, la tienne est super, même plus grande que la mienne.

– Sois gentille avec ta sœur, demandait Daredjane, ça la rend triste de ne plus être avec toi et elle est un peu effrayée la nuit. Tu peux l'aider pour la transition. »

Quelle transition? Comme s'il s'agissait d'une épreuve. Ce n'était pas à elle de jouer ce rôle.

« Elle n'a qu'à aller dans votre lit.

– Certainement pas, protestait son père, on t'a donné notre chambre, on aimerait garder un peu d'intimité. »

Kessané grimaçait à cette évocation.

« Je veux qu'elle me laisse tranquille.

– S'il te plaît, suppliait Tina, on peut dormir ensemble encore quelques jours ?

– Tu peux venir discuter avec moi le soir, mais en aucun cas tu ne t'installes. »

Kessané n'avoue pas qu'elle se réveille encore au milieu de la nuit, guettant en vain la respiration de Tina. Elle fait l'apprentissage de la solitude. Elle y tient et aime de plus en plus s'endormir seule. Cela devient son moment préféré. Elle réfléchit, fait des plans, rêve. Est-ce normal d'aimer se coucher plus que tout ? Sa chambre est devenue son refuge. Parfois, elle bloque la porte en glissant son bureau devant, se déshabille et se regarde dans la glace. Elle s'examine sans complaisance, de la tête aux pieds. Elle aime bien ses épaules, pas ses bras. Ses jambes, pas ses pieds. Ses seins, ça dépend des jours et des poses qu'elle prend. Ses fesses, elle ne sait pas quoi en penser. « Ce qui compte, c'est l'allure, la silhouette », a-t-elle entendu son père dire. L'ensemble de son image dans la glace lui déplaît souvent. Trop maigre.

« Tu es trop jeune », lui avait dit Othar.

Qu'est-ce qu'il connaît aux femmes ? Petit Géorgien ignorant et ringard, coincé dans son Abkhazie natale. Elle inspecte ses cheveux. Ni bouclés, ni flamboyants. Si encore elle était brune comme sa mère et sa sœur, mais elle est châtain terne.

« Tu as de magnifiques reflets », dit sa mère.

Regard de mère. Aucun reflet dans la chevelure. Elle se sent quelconque et voudrait avoir le type géorgien, comme Daredjane et Tina.

« Tu ressembles à ton père, lui répète-t-on. Quel charme ! »

Elle se fiche du charme.

« C'est fou, cette obsession pour le physique des gens, a observé Béatrice un jour.

– Quelle obsession ?

– Le physique compte beaucoup dans votre famille, c'est pour ça que tu te sens mal. Chez nous, on n'en parle jamais. »

Kessané traduit : « Vous êtes des gens superficiels. » Son amie l'irrite soudain.

« Parce que tu te sens bien dans ta peau, toi, peut-être ?

– Je me sens normalement mal pour une ado, répond Béatrice. Mais je préfère me concentrer sur autre chose. »

C'est certain, Béatrice est bien plus élevée qu'elle intellectuellement. Elle l'admire pour ça. Elle voudrait avoir sa force, se ficher de l'apparence. Elle ne répond pas.

« Ta mère est une beauté, donc laisse tomber, tu ne pourras jamais rivaliser et tu t'en sors plutôt bien », plaisante son amie.

Béatrice espère venir un été en Géorgie.

« C'est impossible, a dit Daredjane, ce serait trop compliqué d'obtenir un visa et je ne pense pas que ses parents soient d'accord. »

Kessané n'a pas insisté. Elle n'est pas sûre de souhaiter la venue de Béatrice. Il faudrait lui présenter Othar, lui dévoiler une Kessané dont son amie ne sait rien. Parfois il lui semble qu'il y a deux êtres en elle, impossibles à relier. Même sa mère, en Géorgie, devient une autre. Une Daredjane sans Tamaz.

Leur père ne passe pas l'été avec sa femme. Il prend ses vacances plus tard, à leur retour. Ils partent tous les quatre en voiture, sillonnent la France jusqu'à la rentrée des classes mi-septembre. Pendant le voyage, les parents acceptent de passer les cassettes des filles dans l'autoradio. Ils entonnent avec elles les refrains de variété. Une famille française typique sur la route. Selon les régions qu'ils traversent, ils s'arrêtent pour la nuit dans des campings, des auberges, ou passent quelques jours chez des amis.

« Ce sont nos aventures, dit leur père.

– Pourquoi il ne prend pas ses vacances avec vous en Géorgie ? demande Béatrice, il n'a pas envie de voir le pays de ses parents ?

– Il n'obtiendrait pas de visa, répond Kessané. Il n'est pas né là-bas comme ma mère, il est issu de l'émigration de ses parents en 1921. »

En réalité, Kessané n'a pas de réponse à cette question. Elle sait seulement que sa mère prend un risque en faisant des allers et retours, mais est-ce la seule raison pour laquelle son père ne les accompagne pas ?

Chaque fois, en arrivant à Tbilissi, la joie de Daredjane l'envahit, une part de bonheur mystérieuse qui explose douloureusement dans la poitrine de Kessané. Ses propres émotions, elle ne les identifie pas. Le flot des jours se déverse en elle, la submerge et file avant même qu'elle ait pu le saisir. Le jour du départ, elle se retourne plusieurs fois pour faire signe à son grand-père et à sa grand-mère, debout dans l'embrasure de la porte, devant la maison d'Abkhazie. Elle les fixe longtemps pour graver leur image. L'été prochain, Daredjane décidera peut-être de ne pas prendre de risque et ce peut être la dernière fois qu'elle les voit. Kessané le redoute. Ne plus respirer l'air du Caucase, ne plus entendre les chants de Babou, ne plus déguster la cuisine de Bébia, elle en mourrait. Et Othar ? Elle le chasse de ses pensées. Elle voudrait ne plus avoir peur. Et si Babou et Bébia mouraient ? Daredjane serait libérée de son attachement filial et renoncerait à leurs vacances en Abkhazie. Beaucoup de ses amis ont perdu leurs grands-parents, ça leur semble naturel. Kessané se fait pleurer dans le noir de sa chambre en imaginant l'annonce de la disparition. C'est trop dur. Elle ne peut se résoudre à cette perte. Les Français ne doivent pas avoir la même relation à leurs grands-parents.

«Tu ne peux pas penser ça, dit Béatrice, j'adore ma grand-mère et je pense encore à mon grand-père depuis qu'il n'est plus là.

– C'est une impression que j'ai, que les personnes âgées comptent moins pour vous.

– Pour nous ? Qui, nous ?»

Béatrice la fixe avec réprobation.

«Parfois, il me semble que tu te crois différente et supérieure parce que tu es géorgienne.»

Peut-être son amie a-t-elle raison. Parfois, il lui semble être la gardienne d'un trésor caché.

2

DAREDJANE EST PENCHÉE, le bras en appui sur la commode, la tête dans le creux de la main. Au premier abord, on se dit qu'elle a eu un coup de fatigue et reprend des forces au milieu du salon. Quelques instants pour souffler. Si on observe de plus près, on voit qu'elle fixe une photo dans un cadre. Un homme qui sourit avec les yeux et fume la pipe. Tamaz, son mari. Le père de ses deux filles. À force d'observer un visage, ses traits deviennent flous. Chez elle, dans un autre cadre, sur la même photo, ce regard la défie chaque jour depuis dix ans. Ce matin, les yeux de son mari l'agressent, elle n'aime pas le voir ici dans la maison de sa fille. Une bouffée d'indignation la traverse. Elle observe la pièce, où rien n'a été choisi au hasard, mobilier chiné chez les antiquaires de la région, canapés et fauteuils confortables, lampes comme des objets d'art, bibliothèque pleine de livres qui font la fierté de Kessané. Devant la cheminée, les pinces, le tisonnier, la balayette, le soufflet du Vésinet. Tamaz les utilisait chaque jour pour faire du feu. Elle a consenti à s'en séparer parce que Kessané tenait à avoir quelque chose de son père dans la maison qu'elle venait d'acheter en Provence. Daredjane n'en avait plus besoin, avait fait remarquer sa fille. Elle venait de vendre le pavillon et s'était installée dans une résidence plus près de Paris et de ses enfants. Un appartement avec balcon. Plus facile à entretenir qu'un jardin. Pas loin d'une forêt pour qu'elle puisse respirer. Une minuscule forêt, plutôt un bois, où elle n'allait jamais. À quoi bon se promener seule dans les bois ? Durant ses premiers séjours, en automne, Kessané lui demandait de faire le feu dans la maison de Provence. Elle s'exécutait à contrecœur, reproduisant les gestes de Tamaz. Quand il était là, l'odeur du feu de bois la réveillait le matin. Maintenant, elle peine à se lever. Même en vacances, invitée par sa fille. Dans la cuisine de Kessané, les appareils ménagers sont flambant neufs. Les tasses de petit déjeuner, ravissantes. Un service trouvé dans une brocante.

« Tu as bien dormi, maman ? Si tu veux un ou deux oreillers de plus, je peux t'en donner.

– Je ne vois pas ce que je ferais avec deux oreillers en plus, j'ai toujours dormi avec un oreiller.

– Je sais, mais, pour lire le soir dans ton lit, ce serait plus confortable.

– À ce propos, la petite lampe sur la table de nuit est sans doute très jolie, mais elle n'éclaire rien du tout, il me faudrait plus de lumière. Et un miroir aussi, j'aurais besoin d'un miroir. »

Kessané est agacée, elle le sent, mais, c'est certain, une chambre d'amis a besoin d'un miroir. Ça pourrait être la chambre de Daredjane ou de Tina, mais non, c'est une chambre d'amis.

« Je t'ai fait du café », dit Kessané.

Heureusement qu'elle a fait le café, la machine est si sophistiquée que Daredjane ne peut même pas se le préparer elle-même.

« Je t'attends pour aller au marché ? demande Kessané.

– Oui, bien sûr. »

Sa fille l'a surprise à contempler la photo de Tamaz, elle connaît ses pensées. Maman n'a pas surmonté la mort de papa. Il faudrait qu'elle s'en remette, fasse enfin son deuil. Daredjane déteste cette expression : faire son deuil.

La première fois que Tamaz avait vu Daredjane, elle dansait sur la scène du Théâtre des Champs-Élysées. Le ballet de Géorgie, dont elle faisait partie, se produisait trois semaines à Paris. Toute la jeunesse de la communauté géorgienne s'y rendait. Pour eux, élevés dans le culte d'une Géorgie fantasmée par leurs parents émigrés en France, connaître de jeunes Géorgiens de là-bas était un événement. Certains venaient tous les soirs et traînaient dans les coulisses, exerçant leur géorgien. Tamaz l'avait remarquée sur scène. D'abord sa silhouette, sa grâce, avait-il dit. Puis il avait emprunté les jumelles de ses voisins de rang et était resté bouche bée devant son visage. C'est l'expression qu'il avait employée. «Elle ressemblait à Sophia Loren», disait-il.

Daredjane avait commencé à danser toute petite. Repérée à un spectacle de l'école primaire par la directrice du ballet. Ses parents avaient d'abord été réticents. Leur fille unique n'aurait plus une minute à elle et, en dehors des heures de classe, ne ferait que répéter. Mais c'était une opportunité et Daredjane adorait danser, elle était douée, son enthousiasme les avait convaincus. Des années après, ils se réjouissaient de cette tournée internationale, leur fille voyageait et, surtout, elle se rendait à Paris. La famille vouait une passion à l'histoire de France, à la littérature française. Daredjane avait lu les classiques, elle aimait Victor Hugo, Flaubert, Balzac. Elle avait entendu sa mère et sa grand-mère réciter des poèmes qui évoquaient les bords de Seine et des amours malheureuses et romantiques.

Au début, la ville l'avait déçue. Rien n'était comme elle l'avait imaginé. La troupe passait trop de temps dans un car, qui les emmenait voir à distance les monuments, les avenues, la Seine. Et ils étaient surveillés en permanence par les membres du Parti. Elle aurait voulu déambuler sur les quais, à Saint-Germain-des-Prés, monter au Sacré-Cœur et surtout aller dans les librairies, s'asseoir dans les cafés. Elle espérait avoir tout loisir de le faire, mais, chaque matin, le car stationnait devant la porte de l'hôtel et était encore là à leur sortie du théâtre. Les agents du KGB ne pouvaient cependant pas empêcher les jeunes Géorgiens de France de les attendre devant les loges et de faire connaissance avec les danseurs. Son amie Éliko trouvait ça excitant.

«J'ai l'impression d'être une vedette avec tous ces fans qui nous poursuivent, avait-elle dit. Tu pourrais être un peu plus aimable, Daredjane. Tu parais hautaine et méprisante.

– Tu sais bien que je suis timide, et, en plus, je ne vois pas pourquoi je me lierais avec des inconnus sous prétexte qu'ils ont du sang géorgien. Je préférerais rencontrer des étudiants français.

– Ils sont sûrement étudiants, avait répondu Éliko, et, en plus, ils descendent de gens qui ont marqué notre histoire. »

Daredjane savait que le gouvernement menchevik, qui avait proclamé l'indépendance de la Géorgie en 1921 et gouverné trois ans, avait émigré en France à l'arrivée des bolcheviks. Un peu honteuse, elle devait bien reconnaître que ça ne l'intéressait pas beaucoup. Elle désirait simplement connaître Paris.

« Ils peuvent nous servir de guides », avait dit Éliko, comme si elle avait lu dans ses pensées.

Les jeunes gens étaient bien habillés, et ils fumaient. Des cigarettes que les danseurs s'arrachaient. Daredjane et Éliko notaient les coiffures, les chaussures, les sacs à main des filles. Beaucoup portaient les cheveux courts. Avec leurs longues chevelures brunes et leurs vêtements austères, les deux amies se sentaient en décalage. Un garçon adossé à un mur, un peu plus loin, fumait la pipe et regardait Daredjane d'un air ironique. Elle lui avait trouvé une allure désinvolte et rebelle. Une fille blonde qui le dépassait d'une tête lui parlait avec animation et lui caressait le bras. Elle portait la jupe la plus courte qu'elle ait jamais vue. Une des fameuses minijupes d'Angleterre. Ce qui avait l'air de laisser le garçon à la pipe indifférent. Il hochait la tête sans cesser de dévisager Daredjane. Elle avait soutenu son regard. Il lui avait souri et elle lui avait rendu son sourire sans hésiter. Son interlocutrice avait surpris leur échange et avait regardé Daredjane à son tour, puis elle s'était approchée.

«Vous parlez français? Il s'appelle Tamaz, lui avait-elle dit. Je crois que vous lui plaisez. Et lui parle géorgien parfaitement.

– Ce n'est pas votre fiancé?» avait demandé Daredjane en français.

La fille avait poussé une exclamation qui ressemblait à un sifflement.

«Bien sûr que non, ce serait alors très embarrassant qu'il vous regarde comme ça. On est aux Beaux-Arts ensemble. En architecture. Il m'a invitée à voir le spectacle. C'est très beau, vos danses sont incroyables. Vous venez à la soirée?

– Quelle soirée? s'était enquise Daredjane.

– Les parents de Tamaz invitent plusieurs danseurs de la troupe chez eux demain soir.

– Je ne sais pas si on en a le droit.»

Elle s'était retournée vers le jeune homme appelé Tamaz, mais il avait disparu. Cela l'avait attristée. Qu'il ne lui ait pas adressé un salut. Soudain, se rendre à cette soirée lui avait semblé crucial.

«Je pense qu'on pourra y aller, mais avec nos gardes du corps, avait dit Éliko en désignant les agents du KGB.

– Surtout, amenez vos copains danseurs, avait précisé la jeune fille blonde. De sacrés athlètes.

– Qu'est-ce qu'elle dit ?» avait demandé Éliko.

Daredjane avait traduit l'intérêt de son interlocutrice pour leurs camarades.

«On les lui laisse bien volontiers», avait plaisanté Éliko.

Beaucoup de danseurs se fiançaient entre eux, mais les deux amies avaient toujours considéré leurs partenaires comme des frères. Daredjane aspirait au regard d'un homme sur elle. Elle était troublée en se rappelant celui de Tamaz.

C'était lui qui avait ouvert la porte le lendemain soir. Il les avait invitées à entrer, les avait débarrassées de leurs manteaux, sans leur accorder une attention particulière. Daredjane avait été si désappointée qu'elle avait eu comme un vertige.

«Qu'est-ce qui t'arrive, s'était inquiétée Éliko. Tu veux t'allonger ?

– Non, je dois juste manger quelque chose.»

Daredjane s'était fondue dans la foule et avait fait le tour de la pièce. Elle aurait pu être en Géorgie. Des livres, dont beaucoup en géorgien, un mobilier simple et rustique, des poignards et des tapis sur les murs. Son sentiment de déception s'était accentué et elle s'était repliée près du buffet. La table regorgeait de nourriture. Elle avait saisi une assiette et s'était servi abondamment de fromages. Elle n'avait jamais vu autant de variétés, enfin, elle expérimentait une coutume bien française. Elle savait l'impression qu'elle donnait, elle aurait dû se mêler aux autres, dont l'attitude enthousiaste exprimait la valeur particulière de ce moment, mais elle ne parvenait pas à le ressentir. Elle avait juste mal au cœur, une vague nausée. Elle songeait à rentrer, à demander aux agents de la raccompagner à l'hôtel, ils n'auraient pas tergiversé et l'auraient escortée immédiatement.

Cet instant d'hésitation avait suffi à changer sa vie. Tamaz avait surgi à côté d'elle et avait chuchoté à son oreille. Elle a oublié ce qu'il avait murmuré. Il ne l'avait plus quittée les jours qui avaient suivi. Ils se parlaient pendant des heures. Ce qu'ils se disaient n'a pas d'importance. Elle se souvient de Paris avec lui, les quais, les Beaux-Arts, les cafés où elle se tenait en retrait, droite et immobile, au milieu de jeunes gens à la jovialité envahissante. On la dévisageait, elle restait sur la réserve et ne se passionnait que pour lui. Il aimait sa distance, elle en était sûre. Les rues où ils déambulaient, suivis par les agents, leur premier baiser sous une porte cochère, à l'abri de la surveillance. Ces clichés qui l'avaient accompagnée et constituée longtemps finissaient par la peiner avec le temps et la vieillesse. Peut-être leurs plus belles images. Baisers volés, mains effleurées, serrées à la hâte parce que le temps était compté. Leur retour en Géorgie approchait et ils ne se reverraient pas.

« On reviendra sans doute à Paris », avait déclaré Éliko.

Que son amie se taise, les mots de réconfort sonnaient faux, tous les possibles étaient inutiles. Tamaz n'en parlait pas et elle préférait ça. Le jour du départ, il l'avait serrée dans ses bras, sur le quai de la gare de l'Est. Ils titubaient au milieu de l'effervescence des préparatifs. C'est Éliko qui les avait détachés l'un de l'autre. Daredjane s'était collée à la vitre qui les séparait désormais, il l'avait fixée jusqu'à ce que le train démarre. Le quai s'était évanoui, Tamaz avait été enseveli par la vitesse. Elle avait contemplé le ciel, s'était accrochée aux nuages qui l'avaient aidée à traverser les paysages. Ils n'avaient pas versé une larme. Est-ce qu'il avait pleuré après ? Elle ne lui avait jamais posé la question. Daredjane avait sangloté en retrouvant l'intimité de sa chambre à Tbilissi. Elle ne s'était pas résignée. Le pleurer était devenu son refuge, sa force. Il avait réussi à téléphoner une fois. La ligne, sur écoute, était mauvaise et leurs propos hachés. Ils avaient échangé des banalités, elle aurait préféré que cela n'ait jamais eu lieu. Le son de sa voix était une fenêtre ouverte sur un jardin inaccessible. Douloureux.

Cinquante ans plus tard, en vacances chez sa fille, elle n'arrive plus à entendre sa voix. L'absence lui a volé ça. C'est ce qui lui fait le plus mal.

«Maman, on y va?»

Elles se préparent pour aller au marché. Daredjane s'assoit au café du village et attend que Kessané fasse les courses. C'est maintenant sa fille qui joue les maîtresses de maison, ce qui semble lui plaire. À elle d'organiser les réunions de famille, les anniversaires. Le café se remplit, Daredjane salue quelques connaissances, mais reste à l'écart. Elle ressasse leur dernière conversation à ce sujet.

«Tu n'organises plus jamais de festivités, avait dit Kessané. Ou même un simple déjeuner. Je voudrais parfois être encore invitée chez ma mère.»

Un reproche de plus.

«À quoi bon, puisque tu n'as pas envie de voir ta sœur, s'était-elle défendue, tu ne la reçois même plus chez toi.»

Et comme d'habitude, la conversation avait mal tourné. Kessané avait protesté et nié maltraiter sa sœur, Daredjane s'était insurgée au sujet de la dispute de ses filles, du manque de compassion de sa fille aînée pour sa cadette.

Les larmes lui montent aux yeux. Elle voudrait ne plus y penser. Mais la fureur prend le dessus, l'envahit. Elle devrait appeler Tina, sa tendresse, sa compréhension l'apaisent. Kessané est si dure.

Le patron du café interrompt ses pensées.

«Belle Daredjane, comment allez-vous aujourd'hui? Vous êtes fière de votre fille? J'ai acheté le hors-série du *Monde*. Spécialement pour lire son enquête.»

Bien sûr qu'elle est fière, elle est fière de ses deux filles. Elle a prévenu ses voisins, ses amis. Qu'ils achètent le hors-série aujourd'hui.

«Le patron a lu ton article, dit-elle à Kessané quand celle-ci revient chargée des courses. Il te félicite.

– C'est gentil. Il faut qu'on se dépêche, Éka et Adèle vont arriver. Je voudrais avoir le temps de préparer le déjeuner.»

Daredjane est heureuse de voir sa petite-fille et elle apprécie beaucoup Adèle, la fille de Béatrice. Les deux jeunes filles sont gentilles avec les fils de Tina. Adèle est comme une deuxième cousine pour les garçons. Ils ont passé de nombreuses vacances tous les quatre dans la maison de Provence. Mais, depuis quelque temps, ses petits-fils viennent moins, Daredjane les soupçonne de ne pas vouloir laisser leur mère. Et Adèle ne semble pas s'offusquer de leur absence. Elle s'avère moins attentionnée que Daredjane ne le pensait. Les filles sont heureuses de retrouver la maison. Éka, sa petite-fille, lui saute au cou, Daredjane l'étreint et essaye de ne pas penser à ses petits-fils.

«Le jardin est si beau, s'exclame Éka.

– Oui, magnifique, renchérit Daredjane. J'aurais tellement voulu avoir un jardin semblable au Vésinet.

– Ce n'était pas ton truc, les jardins, dit Kessané.

– Ce n'est pas la question, toi non plus, tu n'as pas la main verte, mais tu as un jardinier. Il faut quelqu'un pour s'occuper des plantes. Je n'avais pas les moyens.

– Disons que le jardin n'était pas ta priorité. À papa non plus, d'ailleurs, et ce n'est pas grave. La maison était jolie sans entretien.

– Mais tu racontes n'importe quoi, s'indigne Daredjane. Il faut toujours que tu déformes le passé.

– Vous n'allez pas vous engueuler pour des fleurs, proteste Éka.

– C'est vrai, tu as raison», répond Kessané à sa fille.

Daredjane se tait, elle se lève et débarrasse les tasses à café. Un autre très joli service ancien.

«Laisse, maman, je m'en occuperai plus tard.

– Je peux le faire.»

Elle emporte le plateau et ouvre le lave-vaisselle. Au moment où elle s'apprête à le remplir, elle se souvient que les tasses doivent être lavées à la main. Trop précieuses. Quelle idée, dans une maison de vacances. Mais elle se plie à la règle et entreprend de faire la vaisselle. Le plateau posé en équilibre se renverse, elle tend la main pour le rattraper, en vain. Les tasses, les soucoupes, le sucrier atterrissent sur le sol, brisés en mille morceaux.

3

Kessané reçoit le sms de Tina et décide de ne pas le lire immédiatement. Cela peut lui gâcher la journée. Sans doute une requête de plus concernant leur mère. Les messages, anodins en apparence, véhiculent la rancune accumulée et une culpabilisation souterraine, ils font rejaillir les accusations passées sur l'absence d'empathie de Kessané. Par une sorte d'accord tacite, les deux sœurs ne s'affrontent plus directement. Les sms sont néanmoins des pointes acérées sur une plaie mal cicatrisée. L'anniversaire de leur mère approche et la situation se tend au moment des fêtes de famille. Que faire ? Continuer à célébrer ensemble ou renoncer ? Acter la rupture ? Ne plus y penser. C'est ce qu'elle a de mieux à faire, lui disent ses amis. Mettre une distance psychique, si elle ne peut être physique. Kessané a cessé d'espérer retrouver le lien de l'enfance, de leur jeunesse, elle peine à se rappeler le temps où elles se confiaient leurs moindres émotions.

En Abkhazie, les étés se ressemblaient, emplis d'images saillantes qui se répercutaient à l'infini dans la vie parisienne de Kessané. Les effusions trop vives des arrivées et des départs, les escapades dans le Caucase, les repas de famille, bruyants, envahissants, les disputes et les rires, l'âpreté et la douceur, le soleil brûlant et la fraîcheur soudaine, les chants et les danses. Éliko et son mari, invités perpétuels, et les autres amis que leurs grands-parents recevaient pour célébrer le retour de Daredjane. La plupart avaient des enfants, souvent plus petits que les filles de la maison. Tina se réjouissait de leur proximité forcée en l'absence de Béatrice, qui n'accaparait plus Kessané. Leurs courses dans la montagne tout le jour jusqu'à la tombée de la nuit. L'inquiétude de leur mère.

« Laisse-les donc, mes petites sauvageonnes, se moquait Babou, leur grand-père, ce que tu es devenue peureuse, ma Daredjane. »

Parfois, il les tirait du sommeil et les emmenait voir le lever du soleil. Elles protestaient pour la forme, mais, de retour à Paris, bénissaient leur grand-père pour ces échappées. Leurs existences citadines, leurs grasses matinées, leurs désirs de vêtements à la mode, de concerts, de booms, s'effilochaient au fil de l'été. Elles portaient le même short et le même tee-shirt, oubliaient de se laver les cheveux, faisant râler leur mère.

« Je vais être obligée de vous les couper si vous continuez, bientôt vous ne pourrez plus les démêler », disait-elle.

Elles dormaient ensemble dans un grand lit en bois, un navire imaginaire sur lequel elles dérivaient au gré du vent, serrées l'une contre l'autre. Elles se réveillaient et se couchaient en même temps, échangeaient des confidences qui forgeaient leur intimité et les protégeaient du monde extérieur.

« On ne se séparera jamais, disait Tina. Tu me le promets ? Est-ce que tu m'aimes plus que Béatrice ?

– Arrête avec tes questions idiotes. Évidemment. Tu es ma sœur.

– Moi, tu es la personne que j'aime le plus au monde. Est-ce que je suis la personne que tu aimes le plus au monde ? insistait Tina.

– Bien sûr. Avec papa et maman, lui assurait Kessané.

– Un peu plus que papa et maman quand même? Ils peuvent mourir, mais, nous, on sera toujours là.

– Oui, plus que tout au monde », répétait Kessané.

Un été se détachait des autres. Quelques jours avant leur retour en France, Kessané s'était éloignée le long de la rivière où nageaient Daredjane, Éliko, Tina et les enfants. Elle ne pouvait pas se baigner parce qu'elle venait d'avoir ses règles. Un garçon, qui devait avoir son âge, était sorti de l'eau et s'était ébroué comiquement, comme un animal. Il était très brun, petit et maigre, mais avec de très grands pieds et de très longues mains, ce qui lui donnait une allure disproportionnée. Kessané avait toussoté pour signaler sa présence, il avait sursauté et s'était tourné vers elle, la dévisageant sans aucune gène.

« Qu'est-ce que tu fais là ? avait-il demandé, c'est mon coin.

– C'est aussi le mien. »

Elle mentait un peu, elle avait quitté le lieu de baignade familier.

« Ça m'étonnerait, s'était-il exclamé, je suis né ici, et toi ? Tu viens d'où ? »

Elle détestait que son accent français révèle d'autres origines.

« Moi aussi, je viens là depuis ma naissance », avait-elle dit.

Il avait insisté :

« Mais tu es née où ?

– À Paris.

– Ah, Paris ! »

Il avait souri d'un sourire étonnant. De travers. Seul un coin des lèvres se soulevait.

« Tu ne connais pas, je suppose ? avait-elle crâné.

– Non », avait-il admis avec aplomb, lui faisant regretter immédiatement le ton méprisant qu'elle avait adopté.

Ils s'étaient fait face bravement en silence. Il semblait attendre quelque chose qui ne venait pas, il avait fini par reprendre la parole.

« Tu connais Tbilissi aussi ? Moi, je n'y suis jamais allé. Qu'est-ce que tu fais en Abkhazie ? Raconte. »

Sous l'injonction enflammée, elle avait raconté sans hésiter. Ses deux vies, sa mère et son père. Il écoutait, concentré, sans la quitter des yeux, lui donnant l'impression d'être intéressante. Il voulait tout savoir. À la nuit tombante, il l'avait raccompagnée jusqu'au chemin qui menait à leur maison.

« On habite à deux kilomètres, avait-il dit, nos grands-mères sont amies. »

Il avait fait un geste de la main et tourné les talons sans autre commentaire. Kessané avait entendu parler de la famille avec trois garçons de l'autre côté de la rivière, mais elle les croyait plus jeunes qu'elle. Elle avait réalisé qu'elle lui avait donné son prénom, mais ne connaissait pas le sien.

« Où étais-tu ? avait demandé Tina en la voyant arriver.

– Je me promenais puisque je ne peux pas me baigner, avait-elle répondu.

– Si longtemps ? Pourquoi tu ne m'as pas emmenée ?

– J'ai le droit d'être seule de temps en temps.

– Qu'est-ce qu'il te prend ? »

Kessané n'avait pas répondu et gardé sa rencontre secrète. Quand les deux sœurs s'étaient couchées dans le grand lit en bois, elle s'était prêtée de bon cœur à leur rituel pour compenser sa fugue solitaire. Elle avait parlé la dernière jusqu'à ce que Tina s'endorme, bercée par ses murmures. Ses récits s'enchaînaient selon son humeur, à chaque nuit une nouvelle version d'une même histoire. Leur lit était un bateau pris dans la tempête, Tina et Kessané étaient seules à lutter contre les éléments déchaînés. Parfois, le vent soufflait sur le Caucase à l'unisson avec son imagination. Il lui arrivait de faire des cauchemars qui prolongeaient la légende qu'elle avait créée. Elle et Tina perdues à la recherche de leurs parents, la main de sa sœur dans la sienne, qu'elle lâchait par inadvertance, Tina criait son prénom, elle essayait de lui répondre, mais aucun son ne sortait de sa bouche, un brouillard les encerclait, plus de contours et les cris de plus en plus lointains.

Kessané se réveillait en sursaut, le cœur battant. Elle s'apaisait en écoutant le souffle serein de Tina endormie à côté d'elle.

Elle avait veillé en songeant au garçon de la rivière. Comment le revoir? Il restait peu de temps avant leur départ. Elle avait rêvé de tomber amoureuse. Comment ne pas passer à côté? Elle pensait plutôt faire une rencontre à Paris avec Béatrice, elle imaginait quelqu'un à la beauté classique, n'aurait pas pu concevoir l'émoi qui l'assaillait à la seule pensée d'un sourire en coin.

Le lendemain, elle s'était échappée, un peu coupable de ne pas attendre Tina, et était retournée au même endroit. Il était assis sur une pierre, immobile, vêtu d'un tee-shirt trop petit pour lui et d'un short délavé en faux jean comme en portaient les Soviétiques. Il n'avait pas semblé surpris de la voir, comme s'il l'attendait. Une joie proche de l'exaltation l'avait envahie et fait trébucher. Il l'avait rattrapée.

« Tu veux te baigner ? avait-il demandé.

– Non », avait-elle chuchoté, incapable de rien ajouter.

Il n'avait pas insisté, s'était déshabillé et avait plongé du haut des rochers, ce que Daredjane leur interdisait de faire. « Il n'y a pas assez de visibilité, disait leur mère, on peut se blesser, même se tuer. » Kessané s'était penchée pour le guetter, avait retenu son souffle – les secondes avaient semblé interminables avant qu'il surgisse hors de l'eau et lui fasse signe. Elle s'était mise à hurler.

« Comment tu t'appelles ? »

La question avait résonné dans la cuvette que formaient les rochers. Elle l'avait répétée plus fort, euphorique. Un écho dans l'immensité.

« Othar », avait-il crié, et son prénom avait claqué dans l'air, comme le clapotis de la rivière.

La chaleur était intenable, les cheveux de Kessané collaient à son front. Elle transpirait et aurait tant voulu plonger avec lui. Quand il était remonté, il n'avait pas semblé remarquer son piteux état. Il s'était rassis près d'elle, trempé. Les gouttelettes d'eau perlaient sur sa peau. Mue par une impulsion, Kessané avait tendu la main et en avait chassé plusieurs sur le bras maigre. Il n'avait pas réagi et avait continué de sourire.

« Quelle idée de ne pas se baigner », avait-il dit. Puis : « Tu veux venir chez moi ? »

Prise de court, elle n'avait pas répondu. Sans attendre, il s'était levé, lui avait tendu la main. Elle l'avait saisie et avait senti leurs paumes humides glisser l'une contre l'autre. Braver la chaleur, l'inconfort de ses sandales sur les rochers.

Il habitait avec ses parents, ses grands-parents et ses deux petits frères, il allait à l'école dans la petite ville la plus proche. En hiver, quand les routes gelaient, il faisait le trajet à pied. Une vie de montagnard.

La famille d'Othar avait accueilli Kessané comme une habituée, ils connaissaient sa famille et Daredjane, leur belle voisine saisonnière devenue parisienne. La maison, comme la leur, était agencée en petites pièces enchevêtrées les unes aux autres, les chambres à l'étage, pourvues de balcons en bois. Othar l'avait entraînée dans celle qu'il partageait avec ses frères. Rien sur les murs, une armoire, trois petits lits, une chaise et un bureau. Quelques livres, des objets artisanaux que Kessané n'identifiait pas, mais qui devaient avoir une utilité.

« Pour pêcher », lui avait-il précisé en suivant son regard.

Sa voix s'était étranglée dans un rire.

« Pourquoi ris-tu ? avait-elle demandé. Tu te moques de moi ?

– Tu fais une drôle de tête, avait-il répondu, ça te change de chez toi, non ? Il paraît qu'à Paris vous avez trop de choses dans vos maisons, comme les Américains. Ta chambre, elle est comment ? »

Elle s'était efforcée de donner le moindre détail qui composait son univers. Plus elle avançait dans sa description, plus il lui semblait mériter d'être moquée. Mais il l'écoutait avec attention, impassible. Sa tranquillité le faisait paraître plus âgé malgré son allure de jeune garçon.

« Il n'est pas comme les autres. Spécial, avait-elle glissé à Tina plus tard, ne résistant pas à parler de lui.

– Spécial comment ? Bizarre ?

– Non, rare.

– Pourquoi tu ne m'as pas dit qu'on avait un voisin de mon âge ? avait reproché Kessané à Bébia, sa grand-mère.

– Je ne pensais pas que vous auriez des points communs, avait répondu celle-ci. Mais je suis contente que ce soit le cas. Et il n'a pas ton âge, il est un peu plus âgé, je crois.

– On ne dirait pas, avait fait remarquer Kessané.

– Je peux venir avec toi demain ? avait demandé Tina.

– Laisse-moi d'abord faire plus connaissance, avait-elle supplié.

– Je sais pourquoi. Tu veux l'embrasser », avait chuchoté sa sœur.

À cette évocation, Kessané s'était révulsée et avait senti une chaleur l'envahir. Elle ne pensait pas vouloir embrasser Othar. Avoir un ami garçon, c'est ce qu'elle souhaitait. Et sans le partager avec sa sœur.

Les derniers jours, elle avait gardé Tina à distance et n'avait pas quitté Othar. Il l'avait emmenée dans ses refuges, ils avaient escaladé la montagne, s'étaient allongés dans l'herbe séchée au sommet. Il lui avait confié son désir de voyage.

« Pas dans les villes, avait-il précisé. C'est la nature qui me plaît. »

Elle lui avait raconté les régions de France qu'elle avait traversées avec ses parents et Tina. Elle lui avait parlé de la complicité avec sa sœur, mais aussi de l'entité qu'ils formaient tous les quatre et qui la constituait. La perfection et la solidité de leurs liens. Parfois, leurs visages étaient si proches qu'elle pouvait sentir son souffle, cela l'effrayait un peu, mais suscitait un désir de le toucher qui la surprenait.

« On dirait que lui n'y pense pas, avait-elle confié à Tina. Comment faire pour que quelque chose se passe ?

– Dis-lui que tu aimerais, avait suggéré Tina.

– Tu es folle. Je n'oserais jamais. Je ne sais même pas s'il me trouve jolie, enfin, je crois, quand même. Ou bien il me voit comme une copine originale parce que je viens de France. »

« Tu as déjà embrassé une fille ? » avait-elle demandé en retrouvant Othar le lendemain.

Il avait marqué une pause.

« Tu es trop jeune. »

Pour qui se prenait-il ? Il avait l'air d'un gringalet et elle paraissait plus vieille que lui, elle en était certaine. Humiliée, elle avait cherché quelque chose à dire. Lui faire savoir qu'elle ne ressentait aucune attirance. Il avait coupé court, tendu la main pour l'aider à se relever, elle avait hésité avant de la prendre, il ne l'avait pas lâchée sur le chemin du retour.

« Tu reviendras l'été prochain », avait-il dit en partant.

Ça sonnait comme une promesse.

À Paris, elle l'avait oublié. Occupée à être une adolescente et l'amie de Béatrice. Elles venaient d'entrer en troisième, affichaient les goûts vestimentaires et musicaux des autres, possédaient des walkmans, des disques. Quand elles retrouvaient Tina et ses copines, elles redevenaient des enfants et participaient à leurs jeux, balancées entre deux âges. « Entre deux mondes encore », pensait Kessané, oppressée par la sensation d'attendre quelque chose d'indéfinissable et hors de portée.

L'été suivant, la Géorgie la happait à nouveau. Elle savourait les quelques jours traditionnels passés à Tbilissi dans l'appartement de ses grands-parents, où leur mère avait grandi. Daredjane profitait de ses amis d'enfance avant de rejoindre l'Abkhazie. Chaque jour, elle entraînait ses filles dans le décor de sa jeunesse. Kessané aimait le vieux quartier, les maisons en bois dans les rues qui montaient vers les collines, les bords du fleuve où se côtoyaient les églises, la mosquée et la synagogue, le mont de Mtatsminda qui surplombait la ville et scintillait à la nuit tombante.

« Raconte encore comment papa est venu t'enlever, la pressait Tina.

– Il ne m'a pas vraiment enlevée, répondait leur mère, mais il tenait à m'emmener en France. »

Kessané prenait conscience de l'exil de Daredjane, de la part de sa mère qui lui était inaccessible. Ces séjours soviétiques révélaient un mystère qui l'attirait et l'inquiétait à la fois. Parfois son désir éperdu d'assimilation aux jeunes Parisiens la taraudait, comme si ces aspirations avaient le pouvoir de blesser sa mère. Elle avait dû supplier pour que Daredjane accepte de lui acheter des Stan Smith.

« Les autres sont moins chères, avait argumenté sa mère.

– Mais ce ne sont pas celles à la mode, avait insisté Kessané. Si ce ne sont pas des Stan Smith, ce n'est pas la peine de m'acheter des tennis.

– Tu me déçois, Kessané, ton attachement aux marques est absurde. »

Kessané repensait à cet échange en suivant Daredjane dans la capitale. Tina avait pris la main de leur mère, pas Kessané, que cela embarrassait.

Elles allaient prendre le thé chez Éliko. Son appartement ressemblait à la caverne d'Ali Baba. C'est comme ça qu'elle le décrivait à Béatrice. Quand Éliko avait été trop âgée pour danser, elle avait repris des études de philosophie à l'université, y avait rencontré son mari et était devenue couturière pour le ballet. Son salon regorgeait de tissus chatoyants et de costumes géorgiens. Elles passaient l'après-midi à en essayer plusieurs. Tina, les robes de princesse, Kessané les *tchoras* des hommes, les bottes en cuir et les chapeaux poilus des montagnards.

Elle n'avait pas pensé à Othar depuis longtemps, mais, dès son arrivée en Abkhazie, elle avait aspiré à le retrouver. Elle avait tressé ses cheveux, revêtu sa robe indienne et chaussé ses Stan Smith.

« Une gravure de mode, s'était exclamée Bébia.

– C'est peut-être un peu trop, avait dit Tina.

– Tu crois que je me change et que je mets un short ? » avait-elle demandé.

Tina avait haussé les épaules.

«Non, j'ai envie de porter ma robe, avait affirmé Kessané. Et, de toute façon, je crois qu'il se fiche de mon style.»

Tina l'avait laissée partir seule. À la rivière, elle avait aperçu Othar de dos, sa carrure s'était étoffée, il portait des vêtements aussi démodés que la dernière fois qu'elle l'avait vu. Sa robe lui avait semblé soudain déplacée.

«Ouah, tu es belle», s'était-il exclamé.

Sa réaction spontanée avait balayé ses doutes. Ils avaient repris leur conversation comme s'ils s'étaient quittés la veille. Elle l'avait invité à déjeuner, il avait séduit tout le monde et, en quelques jours, était devenu un convive régulier de la maison. Sa mère, sa grand-mère et ses jeunes frères l'accompagnaient souvent. Le contraste entre leurs deux grands-mères était saisissant. Bébia était ronde, volubile, extravertie, ses cheveux teints relevés en chignon. La grand-mère d'Othar, petite, mince, les cheveux blancs coupés court, parlait peu et semblait sur la réserve. Pourtant, son regard affûté accrochait celui de Kessané et l'impressionnait.

«J'ai l'impression que ta Bébo devine mes moindres pensées, avait-elle fait remarquer à Othar.

– Tu ne te trompes pas, avait-il répondu, elle sait tout, c'est certain. Mais elle doit aimer ce qu'elle devine parce qu'elle t'aime beaucoup. »

Leurs tête-à-tête se faisaient rares, ses frères et Tina passaient la journée avec eux. Othar cherchait à les occuper et organisait des activités.

« Si on faisait un spectacle ? avait demandé Tina.

– On a passé l'âge, Othar et moi, avait répondu Kessané. Tina veut être danseuse, avait-elle ajouté pour justifier la demande de sa sœur.

– OK, préparons un show, avait dit Othar. Mes frères seront ravis. Tu veux être danseuse comme ta mère ?

– Oui, avait répondu Tina, mais pas de danses géorgiennes, je veux être danseuse étoile.

– Elle fera le conservatoire, avait précisé Kessané, elle entrera à l'Opéra de Paris.

– Et toi ? avait demandé Othar à Kessané.

– Elle veut interviewer les gens, avait répondu Tina à sa place.

– Ça s'appelle journaliste », avait observé Kessané, agacée.

Quand Tina avait questionné Othar sur ce qu'il voulait faire plus tard, il avait répondu « photographe » sans hésiter. Kessané avait senti une vague de mélancolie s'emparer d'elle. Pourquoi ne lui avait-il rien dit de ses aspirations ?

« C'est drôle, avait fait remarquer Tina, mes parents ont des amis dont la femme est journaliste et le mari photographe. Vous serez comme eux. »

Kessané avait eu envie d'étrangler sa sœur et avait fait mine de ne pas avoir entendu. Elle avait espéré qu'Othar ne relèverait pas non plus la remarque idiote.

« Qu'est-ce que tu veux dire, "comme eux" ? avait-il plaisanté. Mari et femme ? Ta sœur et moi ? »

Il avait dit « ta sœur et moi » sans un regard pour Kessané et avec un rire dans la gorge qui l'avait blessée.

Othar et elle s'étaient improvisés metteurs en scène du spectacle en préparation. Ils avaient supervisé les répétitions des petits, adossés l'un près de l'autre au mur de la maison. Kessané avait senti le coude d'Othar lui labourer les côtes, elle avait supporté la douleur pour ne pas s'écarter de lui. Il avait déplacé son coude, et son épaule avait frôlé la sienne.

« On n'est pas au point, avait dit Tina, on va répéter derrière la maison, attendez-nous et on vous rejoue la scène. »

Les garçons l'avaient suivie. Kessané et Othar s'étaient retrouvés seuls dans le silence.

« Ça va ? » avait demandé Othar.

Elle avait hoché la tête, mais aucun son n'était sorti de sa bouche. Elle avait cherché quelque chose à dire, à faire. Godiche. Il avait brusquement passé un bras autour de ses épaules. Elle s'était raidie de stupéfaction et l'avait senti se tendre à son tour devant sa réaction. Il avait néanmoins gardé son bras autour d'elle. Ils n'avaient plus bougé. Elle avait laissé sa tête tomber sur son épaule, il s'était penché, avait effleuré son front et ses joues de ses lèvres, l'avait embrassée sur la bouche. Ils étaient restés longtemps bouches collées. Elle s'était demandé s'il avait déjà embrassé beaucoup de filles, et n'était pas parvenue à se concentrer et à jouir du moment. C'était donc ça, son premier baiser ?

Pendant les deux jours qui avaient suivi, ils avaient évité de se regarder jusqu'à ce qu'Othar lui demande de le retrouver à l'aube à l'endroit habituel. Le premier de nombreux rendez-vous dérobés. Ils s'embrassaient maintenant avec la langue, pendant de longues minutes. Parfois Othar passait ses mains sous son tee-shirt et lui caressait la poitrine, le dos. Kessané s'enhardissait et l'imitait. Parfois ils s'embrassaient tant qu'elle ne pouvait plus respirer.

« J'étouffe », avait-elle dit.

Il avait tressailli et murmuré :

« Tout de même, on devient bons, tu ne trouves pas ?
– Pour les baisers ?
– Oui, pour les baisers. »

Ils s'étaient tus et étaient restés allongés l'un contre l'autre, les mains et les jambes nouées, sous la cime des arbres, les montagnes. L'air s'intensifiait, comme le parfum des fleurs, les sons de la vallée, le bruissement de la rivière.

Longtemps après, en France, pour trouver le calme, elle s'étendait sur son lit, fermait les yeux et s'imaginait près de lui. Elle pouvait presque sentir son odeur.

La vie parisienne reprenait son cours et l'image d'Othar s'évanouissait à nouveau, comme son intérêt pour lui. Elle renouait avec Béatrice. Ensemble, elles échafaudaient des plans d'avenir, ce qu'elles seraient plus tard, le chemin pour y arriver. Leurs projets détournaient Kessané de sa famille, cela la bouleversait sans qu'elle comprenne pourquoi. Elle ressentait une impatience fiévreuse qui s'apparentait déjà à une trahison.

L'été suivant, en 1989, Othar était absent quand elle s'était précipitée chez lui. Parti avec son père à la capitale. Il devait revenir pour les vacances, mais personne ne semblait capable de lui dire quand.

« Dire que maman voulait rester plus longtemps à Tbilissi et que j'ai insisté pour venir vite ici, s'était plainte Kessané. Pourquoi il n'a pas cherché à me voir ?

– Il va arriver, avait assuré Tina, tu n'as qu'à bronzer en attendant et il n'aura qu'une envie, sortir avec toi.

– J'ai changé, je ne vais peut-être plus lui plaire.

– Lui aussi a dû changer et qui sait si tu voudras encore de lui. »

Kessané avait contemplé sa sœur, parfois si vulnérable, avide de ses conseils et puis, soudain, si avisée pour l'aider à voir clair en elle. Tina était de plus en plus belle et ressemblait à leur mère. Elle s'intéressait plus aux garçons que Kessané. Et si Othar la préférait ? Tina ne l'encouragerait pas. Kessané le savait, mais une jalousie inattendue s'était emparée d'elle. Elle avait essayé d'écrire à Othar, lorsqu'elle avait entendu parler des Abkhazes réclamant leur autonomie, elle avait recommencé en avril après l'offensive des troupes soviétiques sur les manifestants indépendantistes à Tbilissi, aucune réponse ne lui était parvenue.

« Il est probable qu'il n'ait jamais eu tes lettres, avait dit Bébia. Est-ce que tes parents savent que tu as écrit ?

– Non, s'était insurgée Daredjane, tu sais que les lettres sont ouvertes et souvent peu acheminées ? Tu aurais pu nous en parler.

– Je ne crois pas que le contenu de mes lettres intéresse le gouvernement, s'était-elle défendue, vous êtes paranos.

– Ce sont des lettres d'amour, avait susurré Tina.

– Pauvre débile. Qu'est-ce que tu en sais ?

– Ce n'est pas la question, Kessané, avait dit Daredjane, la situation politique est tendue, tu ne dois pas prendre des initiatives sans nous consulter. La famille d'Othar peut avoir des ennuis. Et nous aussi.

– N'importe quoi ! avait-elle ricané, soudain glacée, comme si j'avais ce pouvoir.

– Arrête de répondre, l'avait interrompue sa mère, tu es assez grande pour comprendre de quoi je parle.

– Si je suis assez grande, pourquoi est-ce que vous chuchotez dès que vous parlez politique ? Si je ne comprends rien, c'est de votre faute. »

Elle s'était mise à crier avec l'impression familière de se trouver au seuil d'un paysage interdit, d'une connaissance qui lui échappait sans cesse. L'impossibilité devant la vie d'adulte.

« Kessané, ça suffit, avait dit sa mère.

– Oui, stop», avait scandé Babou.

Son grand-père se fâchait rarement. Quand il le faisait, elle ne le reconnaissait pas, il devenait froid et distant. Elle avait repoussé sa chaise et l'avait fait tomber en se levant brutalement :

«Je vous déteste. Vous me faites chier.»

Elle avait claqué la porte, s'était mise à courir, terrifiée par sa propre attitude. Sa mère s'était lancée à sa poursuite. Kessané avait renoncé à la distancer et s'était laissée tomber sous un arbre.

«Engueule-moi, vas-y, avait-elle dit, je m'en fiche de toute façon.»

Elle n'arrivait pas à retenir ses larmes. Pathétique. Ce constat l'avait fait pleurer de plus belle.

Daredjane s'était assise à son côté et avait attendu qu'elle se calme.

«Si ton père était là, il plaisanterait sur tes excès d'adolescente et tu te fâcherais, avait-elle dit.

– J'ai envie de voir papa, ses plaisanteries foireuses me manquent.

– À moi aussi, avait répondu Daredjane. Tu sais, cette année, il aurait préféré qu'on ne parte pas, la situation est instable, de plus en plus de gens aspirent à l'indépendance du pays.

– Mais c'est bien, non ?

– Bien sûr, mais ça crée des tensions, encore plus en Abkhazie, puisque beaucoup en profitent pour réclamer l'autonomie de la région.

– Mais ils sont géorgiens.

– Certains se sentent abkhazes et ont été encouragés par les Russes pour nous nuire, nous diviser pour mieux régner, tu comprends ?

– Je vois bien que la grand-mère d'Othar est très inquiète.

– Ne t'en fais pas, ça va finir par s'apaiser. Les Géorgiens sont mobilisés et le gouvernement de Gorbatchev est plus souple, il faut avoir confiance. Pourquoi tu ne m'as jamais parlé de ta relation avec Othar ?

– Je ne sais pas quoi dire, peut-être qu'il m'a totalement oubliée.

– Ça m'étonnerait, on ne peut pas t'oublier. Ça me fait drôle qu'un garçon géorgien te plaise, avec tous ces Parisiens qui te tournent autour.

– Personne ne me tourne autour, si tu savais, je suis la seule à ne pas avoir d'amoureux.

– Ah bon ? Béatrice a un amoureux ?

– Oui, bien sûr, même Tina a un amoureux.

– C'est ça qui t'embête ? Tina aime bien flirter, rien de plus. Elle est encore jeune. Et toi-même, tu n'as que quinze ans.

– On ne dit pas “flirter”, maman, c’est complétement ringard.

– Ah, pardon, je suis ringarde, avait raillé sa mère. Allez, rentrons, ils vont s’inquiéter.

– Encore un petit peu, j’aime bien qu’on soit toutes les deux. »

Elles étaient demeurées sous les arbres, appuyées l’une sur l’autre.

« Tu sais, tu me ressembles beaucoup, avait dit Daredjane, tu as le même caractère, je me reconnais dans tes impatiences. »

Les vacances qui avaient suivi et les événements politiques se confondaient dans sa mémoire, la pérestroïka, le vote de la Géorgie pour son indépendance, la fin de l’Union soviétique. Leur changement de situation devenait perceptible. Finies les longues files d’attente au consulat pour obtenir les visas et l’éternelle anxiété parentale. Les Géorgiens de Paris affluaient à Tbilissi, accueillis avec euphorie à l’aéroport par leurs familles d’origine, les fêtes s’enchaînaient.

Quand elle retrouvait Othar, elle notait chaque fois de nouveaux changements et mettait quelques jours à s’y habituer. Il la dépassait d’une tête, il était poilu, trapu. Seul le sourire était identique ainsi que ses yeux très noirs, qui faisaient baisser les siens. Il ne cherchait plus à l'embrasser. Elle n'en prenait pas ombrage, elle avait un amoureux à Paris et Othar n'était pas son genre. Quand elle a eu dix-sept ans, ils sont devenus amis, mais le dialogue n'était plus aussi limpide entre eux. Pourtant, il ne cessait de la frôler par inadvertance, ou peut-être le faisait-il exprès.

« Tu ne poses plus de questions, avait-elle fait remarquer, je ne t'intéresse plus ?

– Je sais tout de toi », avait-il répondu.

Elle avait ricané :

« Tu ne doutes de rien.

– Pas de toi et moi. »

Que voulait-il dire ? s'était-elle demandé.

« C'est vrai que tu as une copine ?

– J'en ai eu. Quelques-unes. Qui te l'a dit ?

– Bébia. Moi aussi, j'ai un copain. Et je prends la pilule. »

Pourquoi lui donner cette information ? Il n'avait pas bronché.

« Raconte-moi, avait-elle demandé.

– Non. »

Il l'avait enlacée brusquement et l'avait embrassée avec une douceur qui contrastait avec le mouvement brutal qui avait précédé. Il l'avait déshabillée et elle l'avait laissé faire. Le soleil était haut dans le ciel. La lumière trop crue. Dans un rayon aveuglant, elle avait entrevu Babou de l'autre côté de la rivière. Elle avait repoussé Othar, renfilé ses vêtements à la hâte et s'était enfuie. Avait-il compris ce soudain revirement ? Ils n'en avaient jamais reparlé et Othar ne l'avait plus reprise dans ses bras.

Babou était mort brutalement peu de temps après. Kessané ressassait cet épisode en boucle. Avait-elle rêvé ? Son grand-père l'avait-il vraiment surprise ? Quant elle était rentrée à la maison le soir même, elle l'avait évité. Il devait être profondément choqué, mais n'avait rien dit. Son grand-père, si lointain et taiseux parfois, drapé dans une virilité d'un autre siècle. Lui avait-elle assez parlé ? Il lui arrivait de rejoindre ses grands-parents la nuit, elle se glissait à côté de Bébia et elles se moquaient ensemble des ronflements tonitruants de Babou. Comment sa grand-mère pouvait-elle s'endormir ? Kessané finissait pourtant par trouver le sommeil dans leur lit aux odeurs de *khindzi*, d'ail et de feu de bois mêlés.

Deux années avaient passé avant leur retour en Abkhazie sans Babou. 1993. Le dernier été. Ses parents et Bébia avaient hésité. Dans la région, des combats opposaient l'armée russe, alliée aux séparatistes abkhazes, à l'armée géorgienne.

De France, Tamaz et Daredjane n'avaient pas mesuré la violence du conflit. Ce n'est que sur place qu'ils avaient pris conscience de la gravité de la situation. On parlait de centaines de morts, de jeunes Géorgiens qui partaient se battre et ne revenaient pas.

Des amis de sa mère venaient de perdre leurs fils.

«Ces jeunes se font tuer dans une guerre absurde, avait dit Daredjane.

– La guerre est toujours absurde, avait répondu son père. Mais le conflit va prendre fin, j'en suis certain.»

L'absence de Babou planait, atténuée par la présence de Tamaz. Malgré la tristesse et l'anxiété ambiantes, Kessané conservait des souvenirs heureux de ce séjour. Sa famille et celle d'Othar réunies, son père invitant sa mère à danser le *kartouli*, la beauté de leurs gestes, le regard d'Othar qui cherchait le sien, la danse montagnarde qu'il avait enseignée à Tamaz.

«Tu es inquiet?» lui avait-elle demandé.

Othar n'avait pas nié. Il s'était même laissé aller à lui parler politique. Il ne croyait pas à une résolution proche, comme son père voulait le penser. Il envisageait de s'engager. Devant la réaction horrifiée de Kessané, il avait tenté de revenir en arrière et de minimiser. Au moment du départ, il avait esquissé un geste pour lui caresser la joue et s'était ravisé. Kessané s'était penchée vers lui et l'avait embrassé longuement sur la bouche. Il riait quand elle lui avait jeté un dernier regard.

Au mois de septembre, en France, ils avaient appris que la ville de Soukhoumi était tombée aux mains des séparatistes. Kessané était rentrée un soir chez elle et avait trouvé sa mère sanglotant, en équilibre sur le bras d'un fauteuil. Son père, debout à son côté, tentait de la calmer. Il avait regardé Kessané sans la voir. Pâle et anormalement hagard.

« Qu'est-ce qui se passe ? avait demandé Kessané.

– Les nouvelles d'Abkhazie sont terribles. »

Elle s'était approchée, n'avait pas su quoi faire pour réconforter ses parents. Elle avait pris les journaux sur la table et parcouru les articles. On parlait de milliers de Géorgiens assassinés devant leurs enfants, de cadavres jetés sur des vivants, d'hommes et de femmes décapités dont les têtes étaient promenées dans les rues. Un film d'horreur, abstrait pour Kessané, que ses parents n'avaient pas réussi à lui épargner. Ils n'avaient aucune nouvelle de leurs proches, ni d'Othar. Elle n'avait pas voulu en savoir davantage et était allée s'enfermer dans sa chambre.

Cette nuit-là, elle avait été malade, des accès de fièvre et des vomissements. C'est Tina qui l'avait soignée. On en savait chaque jour un peu plus. Les chiffres de l'ONU étaient effrayants. Près de vingt mille Géorgiens massacrés, deux mille disparus, près de cinq cent mille déportés. Les Géorgiens de souche avaient été obligés de quitter leurs villages, leurs maisons et de s'expatrier.

« Mais on pourra y aller l'été prochain ? » avait demandé Tina.

Leur mère n'avait pas répondu.

« Ces atrocités, ce n'est pas près de chez nous ? avait insisté Kessané.

– On ne sait pas, avait dit Tamaz. Mais je ne crois pas que les Géorgiens puissent un jour retourner en Abkhazie.

– Mais c'est la Géorgie et c'est notre maison !

– Plus maintenant.

– Mais nos affaires ? » s'était exclaméeTina.

Comme sa sœur, Kessané avait pensé sottement au matériel de pêche de Babou. Au linge et à la vaisselle de Bébia. Leurs vêtements, les photos et tableaux de famille. Elle n'avait plus osé mentionner Othar et les siens, mais, plusieurs fois par jour, une boule dans la gorge lui coupait le souffle.

Une lettre était parvenue quelques mois plus tard à Daredjane, la mère d'Othar racontait leur fuite dans la montagne, la terreur, le froid et la fatigue. Leur Bébia était morte gelée, à bout de forces, Othar et son père avaient pris les armes et depuis elle n'avait plus de leurs nouvelles. Daredjane n'avait pas pu répondre, elle ne disposait d'aucune adresse. Ils avaient perdu leur trace.

4

Au petit déjeuner, Adèle demande à Daredjane comment vont Tina et les garçons. Celle-ci lui en est reconnaissante, Kessané ne pose aucune question sur la vie de sa sœur. Elle connaît pourtant ses difficultés. Daredjane explique à Adèle les suites de la chute de ski de Tina, sa jambe blessée qui l'empêche de danser depuis des années.

« Adèle sait tout ça, l'interrompt Kessané.

– Mais Tina ne boite plus maintenant, dit Éka, c'est formidable.

– Ce n'est pas parce qu'elle ne boite plus que tout est rentré dans l'ordre », observe Daredjane.

Le ton enthousiaste de sa petite-fille la blesse.

« Tina est à Paris avec ses fils », dit-elle.

Un silence s'installe. Elle espère que Kessané se sent coupable de ne pas avoir invité sa sœur. Daredjane devrait être reconnaissante à sa fille de l'accueillir aussi souvent, avait dit Éliko, peu d'adultes en France passent autant de temps avec leurs parents. Daredjane n'avait qu'à regarder autour d'elle.

C'est irrationnel, ne pas être avec ses deux filles ne lui procure aucun plaisir.

« Rien de pire pour une mère que d'avoir des enfants qui se font la guerre », déclare-t-elle.

Personne ne réagit. Sa fille va encore lui dire de se taire en présence d'Éka. Kessané n'a de cesse de protéger la jeune adolescente de leurs altercations. Éka n'est pourtant plus une enfant, elle peut comprendre certaines choses. Kessané ne bronche pas. À peine sa mère repose sa tasse de café qu'elle s'en empare pour la laver.

« Je peux le faire, on a le temps, proteste Daredjane. Pourquoi es-tu si pressée ?

– On se demande de qui je tiens cette manie », ironise Kessané.

Il est vrai que Daredjane a été pointilleuse sur l'ordre et la propreté. Dans une autre vie. Si lointaine.

Kessané se lève, s'agite. Elle a toujours à faire dans la maison. Quand ce ne sont pas les courses, ce sont des rangements, des coups de fil à un jardinier pour planter de nouvelles fleurs.

« Tu devrais faire attention, maman, tu mets beaucoup trop de sucre dans ton café et trop de beurre sur tes tartines.

– Laisse-moi tranquille, je prends le même petit déjeuner depuis la nuit des temps, et je n'en suis pas morte. »

Adèle tente de détourner leur attention et s'enquiert de vieux amis.

« Je ne sais pas ce qu'ils deviennent, répond Daredjane, ils se sont de moins en moins manifestés depuis la mort de Tamaz et, avec les années, ils ont carrément disparu. Si tu savais le nombre de gens qui m'ont laissée tomber.

– Parfois les gens ont eux aussi des problèmes et ce n'est pas forcément contre toi, dit Kessané. Tu n'es pas obligée de voir les choses de cette façon.

– Comment puis-je les voir autrement, quand des amis de cinquante ans ne te tendent pas la main ?

– Ces deux-là précisément ont une excuse, elle est très malade et il doit s'occuper d'elle.

– Ça ne l'empêche pas de prendre son téléphone.

– Peut-être que si.

– Il faut toujours que tu défendes les autres contre ta propre mère.

– Non, ce n'est pas ça, dit Kessané, j'essaye simplement que tu voies les choses sous un autre angle, ce qui te ferait moins de peine. Un pas de côté, comme disait papa.

– Qu'est ce que tu racontes ? Ton père n'utilisait jamais cette expression. »

Kessané ne relève pas sa dernière phrase. Daredjane est agacée quand elle mentionne Tamaz. C'était son père, certes, mais elle ignore l'homme qu'il était profondément. Adèle et Éka, sans doute embarrassées de leurs échanges, quittent la pièce.

Elle n'aurait jamais dû le revoir. Dans le train qui la ramenait vers l'Est, elle n'avait parlé à personne, s'était recroquevillée dans un coin alors que l'odeur de l'Union soviétique, comme la désigneraient ses filles plus tard, se réappropriait ses bagages, ses vêtements, sa peau. Son odeur à lui s'effaçait.

Quelques mois avaient passé quand sa mère était entrée dans sa chambre, l'air terrifié.

« Un homme avec l'accent français te demande au téléphone, il dit qu'il vient de Paris. »

Daredjane s'était précipitée.

« Je suis à Tbilissi, à l'hôtel avenue Roustaveli », avait dit Tamaz.

Le mouvement de joie qui l'avait soulevée l'avait ébranlée intensément. Elle avait quitté l'appartement de ses parents et l'avait rejoint immédiatement sans écouter les avertissements, sans penser aux tourments qu'elle pouvait causer. Un hôtel soviétique terne. Une chambre un peu crasseuse. Elle s'y était constituée prisonnière de son plein gré pendant plusieurs jours.

«Dire que ce bout de ciel est la seule chose que tu aies vu de la Géorgie, avait-elle dit, allongée nue sur Tamaz. Commençons à sortir, tu verras comme la ville est belle.

– Tout ce que je voulais voir est près de moi, avait-il répondu. Si on sort, on est foutus. Ma famille apprendra ma présence et je serai obligé de rencontrer des inconnus juste parce qu'ils ont un lien de sang avec moi, tes parents nous pourchasseront.»

Il lui caressait le dos, un frisson la parcourait. Qu'il raconte à nouveau le périple jusqu'à elle. Il n'avait eu de cesse de la rejoindre dès qu'elle avait quitté Paris. Avec l'aide de son professeur aux Beaux-Arts, il avait changé le sujet de sa thèse. Il étudiait maintenant la réhabilitation des bains de Tbilissi. L'attente de son visa lui avait paru interminable. Avec son nom géorgien et ses ascendants émigrés, il avait craint de ne jamais l'obtenir. Il s'était rendu des dizaines de fois à l'ambassade, avait été interrogé par des membres du KGB en France, mais n'avait pas renoncé. Daredjane ne se lassait pas d'entendre le récit de sa conquête.

Les bains étaient situés dans l'endroit le plus joli de la ville, elle allait lui servir de guide, ils se promèneraient au bord de la Mtkvari.

Tamaz ne s'était pas trompé. À peine avaient-ils mis le pied dehors que les invitations avaient plu. Toute la ville semblait avoir entendu parler d'un jeune architecte français d'origine géorgienne. Les parents de Daredjane étaient les seuls à l'accueillir avec méfiance. Ils avaient peur pour elle. Qu'est-ce qu'il arrivait à leur fille ? Ça ne lui ressemblait pas de se mettre en danger et de se faire remarquer. Tamaz avait usé de tout son charme pour les amadouer. Ils avaient consenti à lui faire visiter la ville et l'avait emmené voir Daredjane répéter.

« Rien ne peut arrêter ce qu'il y a entre eux, avait dit la directrice du ballet à ses parents. Je crains de perdre ma plus grande danseuse. »

La réflexion avait bouleversé Daredjane. Elle était au bord d'un précipice et se sentait prête à sauter avec Tamaz.

« Il n'y a pas d'issue à cette histoire », répétait sa mère.

Mais Daredjane avait confiance en leur amour, elle commençait à envisager un avenir commun. La suite s'était déroulée dans la béatitude, peut-être aussi dans une forme d'inconscience. Tamaz l'avait demandée en mariage. Il avait tout organisé, avait trouvé quelqu'un pour les marier et deux personnes sans famille que le gouvernement ne risquait pas d'importuner pour être leurs témoins. Le père de Daredjane s'était buté et avait refusé de venir. Sur les photos, Tamaz portait un costume sobre et élégant, Daredjane une robe du ballet trop sophistiquée, sa mère et Éliko affichaient des sourires de circonstance sur des mines désespérées. Ils étaient beaux, irréels comme dans un film muet. Les jeunes mariés avaient passé leur voyage de noces dans la maison d'Abkhazie. Tamaz aimait s'attarder avec elle jusqu'à la nuit tombante au bord de la rivière. Il y reviendrait très peu. Daredjane ignorait si c'était à cause des Soviétiques ou de son lien ambigu à la Géorgie.

«C'est le paradis perdu de mes parents, lui avait-il dit, je voudrais que ça reste intact dans ma tête.»

Ils avaient été de nouveau séparés. Il devait repartir soutenir sa thèse à Paris, obtenir son diplôme, elle le rejoindrait plus tard, ça devrait être plus facile, maintenant qu'ils étaient mariés. Mais ça ne l'avait pas été. Comme Tamaz, mais à Tbilissi, elle s'était rendue à l'ambassade toutes les semaines, et on lui refusait chaque fois le visa pour la France. Ils inventaient de nouveaux prétextes, la torturaient, la faisaient attendre, l'interrogeaient pendant des heures. Elle rentrait exsangue à la maison.

« Qu'est-ce que tu croyais ? avait soupiré son père. Qu'est-ce que tu ferais là-bas ? Tu n'as plus qu'à obtenir le divorce. »

Elle lui avait claqué la porte au nez. Elle avait persévéré, réitéré sa demande, munie de l'invitation que lui avait envoyée Tamaz et de leur acte de mariage. Elle voyait moins ses amis, avait arrêté de danser. Elle ne pensait qu'à lui, s'efforçait de ne pas le perdre. Déjà les traits de son visage lui échappaient, le toucher de sa main s'évaporait. Lors de ses rares coups de fil, la ligne était défectueuse. Ils se savaient sur écoute et insistaient sur leurs liens de mari et femme, espérant officialiser leur union aux yeux du KGB. Ils s'écrivaient. De longues lettres qui leur parvenaient en décalé, à moitié ouvertes. De son côté, Tamaz avait activé tous les réseaux de connaissances pouvant lui être utiles. Un prince géorgien travaillait dans le gouvernement de De Gaulle. Après de longues sollicitations, il était parvenu à faire écrire une lettre au Général demandant aux Soviétiques que la femme de Tamaz puisse le rejoindre à Paris.

À Tbilissi, le tourment de Daredjane avait néanmoins continué, elle devait encore patienter.

«Nous ne sommes pas responsables, lui avaient-ils dit. Ce sont les Français qui vous empêchent de partir. Ils viennent de donner leur autorisation. On va s'assurer que c'est un véritable accord.»

Elle ne bronchait pas, gardait son calme. Quand elle avait enfin obtenu son visa, elle l'avait tenu fermement dans sa poche au point de s'écorcher la main. Elle n'était pas rentrée directement et s'était rendue chez Éliko. Son amie avait lu la nouvelle sur son visage et s'était jetée dans ses bras en pleurs.

«Mais, ma chérie, je reviendrai de temps en temps, lui avait assuré Daredjane.

– Ce sera impossible de faire des allers-retours, ils ne te laisseront jamais retourner en France si tu nous rends visite.

– J'ai gardé mon passeport soviétique, je reste soviétique.

– Tu es sûre de toi ?

– Oui. Sûre. Ça me brise le cœur de vous quitter, mais je ne veux pas vivre sans lui.

– Tu ne le connais presque pas, avait dit Éliko.

– Tais-toi. Ou je vais t'en vouloir, avait répondu Daredjane. C'est mon mari.

– Sais-tu au moins s'il en vaut la peine ?» avait murmuré Éliko.

À aucun moment, Daredjane n'avait questionné sa décision, elle n'avait pas regardé en arrière, n'avait rien regretté. Avec les années, elle songeait que toute son existence avait basculé en un regard dans les coulisses d'un théâtre parisien. Est-ce ainsi que les destins se forgent ? Un instant l'avait précipitée, et tout son entourage avec elle, dans une vie chaotique. Elle n'y pouvait rien, leur passion s'était imposée. Daredjane avait franchi la frontière sans hésiter. Ses parents ne s'en étaient jamais remis. Quand elle revenait en Géorgie, son père se comportait comme un étranger. Elle devait l'apprivoiser, le séduire. Il mettait du temps à redevenir son père.

À Paris, Tamaz partageait avec ses parents, ses grands-parents et ses deux frères cadets un appartement rue d'Assas. À deux pas du jardin du Luxembourg, pas très loin de Saint-Germain-des-Prés et du Quartier latin. Tamaz savait que ce Paris la faisait rêver, il avait réussi à dénicher un studio dans un immeuble voisin. Elle avait d'abord craint de manquer d'intimité, mais il s'était avéré que la proximité d'une famille géorgienne avait facilité son intégration. Ils se mettaient à sa disposition, si elle manquait de quoi que ce soit, elle pouvait leur rendre visite. Elle les avait aimés tout de suite. Elle s'entendait avec sa belle-mère, qu'elle aidait à s'occuper de ses parents vieillissants. Tamaz travaillait temporairement dans une agence d'architecture dans le nord de la ville, il partait tôt le matin, rentrait tard. Elle ne se sentait pas délaissée, il lui consacrait tout son temps libre. Ils étaient grisés de vivre ensemble.

« C'est miraculeux de te retrouver chaque soir », lui disait-il.

Elle se promenait dans la ville en l'attendant. Habituée à danser quotidiennement, elle ne tenait pas en place et ses longues marches au bord de la Seine compensaient le manque des répétitions. Elle passait voir sa belle-famille. Ses jeunes beaux-frères lui racontaient leurs journées au lycée et l'initiaient à l'argot. Elle avait appris le français dans les livres, le parlait de mieux en mieux, mais ne voulait pas avoir l'air guindée. Les expressions familières l'enchantaient.

« On se fait une toile ce week-end ? » disait-elle à Tamaz.

Il riait de ses efforts et l'emmenait au cinéma. Elle adorait être assise dans le noir à côté de lui, la tête sur son épaule, la main dans la sienne.

« Et si on allait au théâtre ? avait-elle suggéré.

– Bientôt », avait-il répondu.

Et elle avait réalisé que la vie parisienne coûtait cher.

«Je vais être engagé à l'agence, avait-il dit, et augmenté.

– Je croyais qu'ils construisaient des usines et des centres commerciaux et que ce n'était pas ton truc, avait-elle fait remarquer.

– Je ne vais pas refuser un contrat, il faut que je sois raisonnable, avait-il argumenté. Si on veut vivre bien, déménager.»

Il avait acheté une 2-CV, ils prenaient la route le dimanche, suivaient la Seine et allaient pique-niquer à la campagne. Sa belle-mère lui enseignait les rudiments de la cuisine, en Géorgie, elle n'avait jamais pris le temps d'apprendre, sa mère préparait tous les repas.

«Venez dîner à la maison», disait sa belle-mère.

Mais elle préférait préparer quelque chose à Tamaz et dîner en amoureux. Ils habitaient dans une seule pièce, au septième étage, sans ascenseur. L'endroit était vétuste, ils s'en fichaient, c'était le leur. Elle se faisait belle pour lui, se précipitait en entendant ses pas dans l'escalier. Il la prenait dans ses bras sur le seuil. Parfois, ils mangeaient froid ou même sautaient un repas, préférant rester au lit. L'odeur de cuisine, poisseuse, stagnait dans l'air pendant la nuit, remplacée au matin par celle du café. Quand il partait, elle faisait des exercices sur le palier, se servant de la rampe comme d'une barre. Les voisins la surprenaient souvent. D'abord interloqués, ils semblaient s'être habitués à ses étirements.

«Tu as remarqué comme désormais ils se lèvent tôt, avait ironisé Tamaz, ils sont au spectacle.»

Tamaz la pressait de s'inscrire dans un conservatoire.

«Tu es douée, tu pourrais pratiquer un autre type de danse et passerais vite professionnelle.»

Mais Daredjane refusait, les cours coûtaient trop chers. Elle préférait travailler et contribuer aux charges de leur foyer. Elle avait trouvé une place à l'accueil d'une galerie de peinture. Elle ne connaissait rien dans le domaine de l'art contemporain et avait conscience qu'on l'avait engagée pour son physique et son accent géorgien exotique.

«C'est étrange, avait-elle dit à Tamaz, en Géorgie je n'avais pas conscience d'être belle. Mon solo dans la troupe, je le devais à mon travail acharné. Ici, la beauté compte. Elle compte pour toi aussi. Tu es fier de me présenter à tes amis.

– Bien sûr que je suis fier, avait répondu Tamaz, mais pas seulement parce que tu es belle.»

Elle dansait aux commémorations, aux fêtes de l'Association des Géorgiens de France. Au sein de la communauté, elle brillait. On la connaissait, on lui témoignait de l'admiration et de l'amitié.

Ils avaient été encore séparés, quand Tamaz avait fait son service militaire en Algérie, au moment de la guerre. Elle était alors déjà parisienne, avait des amis et avait pu traverser plus ou moins sereinement les interminables mois sans lui. Ils s'étaient à nouveau écrit des dizaines de lettres, qu'elle avait conservées. Elle devrait s'en débarrasser, se disait-elle aujourd'hui. Elle ne voulait pas que ses filles lisent un jour leur correspondance intime.

Vivre avec Tamaz était une évidence. Ils étaient heureux. Il se mettait en quatre pour exaucer ses moindres désirs, elle décidait des étapes importantes de leur vie. Il ne voulait pas d'enfant. La garder pour lui tout seul. C'est elle qui avait insisté. Elle avait mis des années avant de tomber enceinte, mais n'avait jamais douté d'une issue positive. Ce n'était pas évident, leur avait dit l'obstétricien en confessant ne pas y avoir cru.

La naissance de Kessané avait paru miraculeuse à Tamaz, qui avait tout de suite été un père dévoué. De ceux qui s'ouvriraient les entrailles pour nourrir leur progéniture. Daredjane n'avait plus l'attention exclusive de son mari. Il lui était arrivé d'envier ses filles. Ses voyages réguliers en Géorgie avaient été salutaires pour leur couple. La séparation et l'inquiétude ravivaient la flamme, ils se retrouvaient après l'été, amoureux comme au début de leur relation. Tout au long de l'année, une épée de Damoclès flottait au-dessus de leurs têtes. Tamaz avait peur de la perdre, elle entretenait sa crainte. Quand le mur de Berlin était tombé, tout avait changé. Ses voyages étaient devenus sans risque. Parfois elle se plaignait du quotidien.

« Tu t'habitues à moi, disait-elle à Tamaz.

– Une habitude magnifique, répondait-il, de quoi as-tu peur ?

– Je te suis trop acquise. Trop facile. »

Il éclatait de rire.

« Tu oublies ta forte personnalité, rien n'est jamais acquis avec toi. »

Il la rassurait en lui faisant l'amour.

C'est elle qui avait voulu vivre au Vésinet. Des Géorgiens avaient investi la région. Elle pensait que c'était mieux pour des enfants de grandir avec un jardin. Ils se promenaient le samedi en forêt. Le dimanche, ils allaient à Paris déjeuner rue d'Assas et ils allaient voir une comédie musicale. C'est ce qui avait donné le goût de la danse à Tina. Peut-être aussi lui avait-elle transmis son ancienne passion. Tamaz continuait de craindre que ça lui manque. Elle le tranquillisait, elle n'avait aucune nostalgie. Quand ses filles s'étaient mises à avoir de l'ambition et avaient commencé à lui poser des questions sur le ballet, elle avait repensé au métier qu'elle avait abandonné. Daredjane se sentait mise en cause chaque fois qu'il était question de carrière dans une conversation. Mais elle ne disait rien. Un petit pincement au cœur qui diminuait au fil des ans. Aurait-elle dû continuer la danse à Paris ? Ouvrir une école ? Elle avait du talent. Quel gâchis, pensait-elle parfois. Elle voulait cela pour Tina. Sans ce tragique accident, sa fille aurait pu y accéder. Elle se sentait moins attachée aux aspirations de Kessané. Elle savait que sa fille aînée aurait souhaité une mère plus intellectuelle.

Kessané était en admiration devant Éliko, qui avait repris tardivement des études. La plus âgée soumettait ses dissertations à la plus jeune, qui se permettait de les corriger.

« Tu n'es pas un peu vexée ? demandait Daredjane à Éliko.

– Non, ça m'amuse, répondait son amie, et ta fille a des remarques très pertinentes qui m'aident beaucoup. Je préfère les siennes à celles de mon cher époux, d'ailleurs. Quel emmerdeur ! Il se prend pour mon professeur. »

Le mari d'Éliko était chercheur à l'université de Tbilissi. Il s'intéressait de près à la carrière de Kessané. Son aînée avait avec le couple de longues discussions dont Daredjane se sentait exclue. Éliko avait profité de cette relation privilégiée. Au fil des années, elle avait cessé de soutenir inconditionnellement sa vieille amie et avait pris parti pour sa fille. Daredjane s'était mise à écourter leurs conversations, les mises en garde d'Éliko l'écœuraient.

« Tu ne devrais pas te mêler de la relation de tes filles, tu dois rester neutre, lui disait-elle, sinon, tu vas attiser le feu. »

Alors quoi ? Elle devait rester les bras croisés. Attendre. Ses filles se réconcilieraient sur son lit de mort ? Ça lui faisait une belle jambe. Elle pensait à Noël, ça lui serrait le cœur. Tamaz et elle choisissaient le sapin ensemble, ils décoraient la maison, mettaient des guirlandes dans le jardin. Les filles écrivaient au père Noël et ils les entendaient commenter leurs souhaits. Elles étaient si proches. Tamaz et elle achetaient des calendriers de l'Avent. L'excitation durait tout le mois de décembre. Rendre Noël magique pour leurs filles les réjouissait. Il y avait des cadeaux sous l'arbre, à profusion.

«Il en manque un peu», plaisantait Tamaz, qui trouvait que sa femme en faisait trop.

Il se moquait d'elle quand elle comptait les paquets. Une obsession. Elle tenait à ce que ses filles reçoivent exactement le même nombre de présents. Ils chantaient des chansons géorgiennes et françaises, Daredjane avait un faible pour Joe Dassin, omniprésent dans les émissions de variétés que Kessané et Tina regardaient le samedi soir à la télévision. Ils dansaient, tourbillonnaient dans le salon jusqu'à perdre l'équilibre. Puis ils allaient se coucher. Parfois, tous les quatre, un instant encore, blottis les uns contre les autres.

Adultes, Kessané et Tina avaient fait perdurer la tradition. Elles venaient au Vésinet avec enfants et maris, lesquels se prêtaient de bon cœur au rituel familial. Au matin, Tamaz et elle faisaient le ménage ensemble. Une équipe de choc, se disaient-ils chaque fois qu'ils recevaient. Elle s'occupait de ranger, il passait l'aspirateur, faisait la vaisselle. Il l'aidait dans toute situation. En avance sur son temps. Les féministes n'auraient rien trouvé à redire à leur organisation.

Elle avait entendu Kessané exprimer que ses parents formaient un couple traditionnel. Daredjane en avait assez que sa fille aînée interprète leur vie à sa guise, elle faisait parfois dire des choses à Tamaz qu'il n'aurait jamais dites. C'était facile de faire parler les morts pour servir sa pensée. Kessané était la fille de son père, affirmait Éliko. Quelle idiotie ! Son amie commentait le lien privilégié entre Kessané et Tamaz et soulignait sa propre relation fusionnelle avec Tina. Pures fantasmagories ! Elle aimait ses filles de la même façon, elle n'avait jamais eu de préférence. Elle n'était pas ce genre de mère. Mais Kessané avait un caractère difficile. « Du caractère, plaisantait Tamaz, ça me rappelle quelqu'un. » Est-ce que Kessané lui ressemblait ? Plus aujourd'hui. Leurs rapports s'étaient tendus depuis que Daredjane se consacrait à Tina et à ses fils. Comment Kessané pouvait-elle en prendre ombrage ? Elle aidait la plus faible, quoi de plus naturel ? Kessané avait toujours eu plus de chance. Depuis le début. Elle était née avec le cordon ombilical enroulé deux fois autour du cou. « Un signe de bonne fortune », avait lancé l'obstétricien. Pourquoi ne voulait-elle pas l'admettre et s'occuper de sa sœur ? Tina lui racontait la dureté de Kessané à son égard et ce n'était pas supportable. Tamaz n'aurait pas toléré cette attitude en famille. Heureusement qu'il n'était plus là pour les voir toutes les trois empêtrées dans ces disputes sans fin. « S'il était encore en vie, rien de tout ça ne serait arrivé », disait Kessané. Elle suggérait que la mort de son père avait engendré ces sordides dissonances. Sottise, encore. Au contraire, la disparition de Tamaz aurait dû les souder. Cela l'aurait aidée à supporter son chagrin. Kessané aurait dû méditer là-dessus au lieu de l'envoyer chez le psy. Qu'on la laisse tranquille avec sa peine. Elle en voulait à Tamaz de l'avoir abandonnée en chemin. Elle n'était pas si âgée. En partant, il avait fait d'elle une vieille. Il n'avait pas le droit de mourir.

C'est Kessané qui avait inspiré la vente du Vésinet. « Une bonne idée », avait dit Éliko. De quoi se mêlait-elle ? Son amie connaissait mal sa vie en France.

« Je vais rester plus longtemps avec toi », avait ajouté Éliko, venue à Paris pour enterrer Tamaz.

Daredjane aurait préféré qu'elle rentre chez elle. Ces derniers temps, les réflexions de son amie l'irritaient. Et puis Éliko affichait une nette préférence pour Kessané, s'extasiant sur le moindre événement de la vie de son aînée sans s'intéresser à celle de Tina. Sa cadette avait dansé dans deux spectacles, Éliko ne s'y était pas rendue. Daredjane détestait l'injustice.

Les filles lui rendaient souvent visite au Vésinet et l'aidaient à trier les affaires de leur père. Kessané venait de se séparer de son mari et avait de longues conversations avec Éliko sur le sujet. Pourtant, sa séparation se passait bien. Son mari, Anton, était un homme bien, on pouvait compter sur lui.

Toutes les quatre cuisinaient, comparaient leurs recettes de *khatchapouris*, de *khinkalis*. La cuisine embaumait les aromates géorgiens comme celle de la maison d'Abkhazie. Elles retrouvaient un peu de leur connivence, partageaient des fous rires. L'absence de Tamaz paraissait presque normale, comme s'ils allaient bientôt se retrouver.

5

Les jours se succèdent sans changement perceptible, à part le vent fluctuant, le soleil plus ou moins brûlant. Kessané s'engouffre dans ce cycle régulier, dont elle aime l'apparente banalité. Elle a désormais un rituel, au lever du jour, elle ouvre les volets et retourne se coucher pour profiter de la vue sur le ciel, les toits du village, le petit jardin, le bougainvillier et les cimes des Alpes du Sud, qui lui rappellent la Géorgie. Puis elle se rend dans la cuisine, s'assoit à la même place, boit son café dans sa tasse préférée et lit la presse en savourant la sensation d'être chez elle. Sa maison. Maintes fois fantasmée depuis la disparition de l'Abkhazie dans son existence.

Les lieux meurent aussi, songe-t-elle. La Géorgie sans l'Abkhazie lui avait semblé amputée. Pourtant, les étés suivant l'indépendance, sa mère, Tina et elle y étaient retournées, Bébia les attendait. Elles restaient à Tbilissi. La chaleur montait, les étouffait et rendait la perte de leurs montagnes plus cruelle encore. Éliko et son mari les invitaient à la campagne, en Kakhétie. Elles découvraient une région vallonnée, plus douce, et avaient l'impression d'être des touristes dans leur propre pays.

« C'est étrange, mais c'est agréable, non ? » avait dit Tina.

Les deux sœurs disposaient chacune d'une chambre. Leur lit bateau appartenait à une autre époque.

Tamaz avait débarqué un été sans prévenir. Au début, il s'agissait d'épauler sa femme, puis c'était devenu une habitude. Il les accompagnait désormais.

Chez Éliko, l'ambiance était très différente qu'en Abkhazie. Les parents restaient de leur côté et les filles faisaient la fête avec les jeunes. Le fils d'Éliko avait de nombreux amis avec qui elles s'étaient liées. Kessané avait enfin pu inviter Béatrice. Son amie s'extasiait sur les danses et les chants inhérents aux *keepis* quotidiens, sur son père quand il tenait le rôle de *tamada*. Elle s'exaltait pour la moindre coutume, faisant paraître leur mode de vie folklorique. Kessané s'en offusquait, Tamaz le remarquait et l'incitait à l'indulgence. Elle essayait de faire un effort pour paraître joyeuse, mais elle ne parvenait pas à s'alléger du passé. Il lui semblait que tous jouaient un rôle, le ciel était lumineux, mais une ombre les pourchassait.

Bébia, au milieu de l'assemblée, errait comme un fantôme. Elle avait cessé de cuisiner et passait ses journées dans un transat, contemplant l'horizon, les collines au loin. Pensait-elle aux sommets abrupts de leur région ? À son paradis perdu ? Kessané se levait tôt pour la retrouver.

« Tu es tombée du lit, *guénatsvalé*, tu n'es pas bien ?

– Si, ça va, mais ça me manque, d'être chez nous. »

Elle espérait en parler avec sa grand-mère, mais Bébia n'avait pas réagi. Personne ne mentionnait leur perte. Parfois, il lui semblait que l'Abkhazie n'existait plus que dans son imagination.

« Nous n'habitons pas les lieux, ce sont eux qui nous habitent », avait finalement dit Bébia, comme si elle avait deviné son émotion.

Les maisons étaient devenues une obsession.

« Sers-t'en dans ton travail », avait dit Béatrice.

Kessané avait haussé les épaules, mais, plus tard, elle y avait repensé. Elle avait tourné autour du sujet, lu beaucoup et avait commencé à prendre des notes ; elle avait interrogé des anonymes, puis des sociologues et des philosophes sur le lien à l'espace domestique, réel ou rêvé. Les réponses la passionnaient, elle en avait fait un livre. Sa première publication, qui avait bien marché. Le plaisir de la réussite était atténué par un vague sentiment de culpabilité dont elle ne pouvait se défaire.

Elle sait que sa mère se désole pour Tina à chacun de ses succès. Pourquoi Daredjane ne parvient-elle pas à se réjouir pour elle ? À se féliciter que l'une de ses filles s'épanouisse dans son travail et s'offre un toit, même si l'autre n'y arrive pas ? Pourquoi ne peut-elle simplement être heureuse en sa présence ? Être avec sa fille aînée ne lui suffit pas et elle appelle sa cadette plusieurs fois par jour. Kessané ressent la frustration de sa mère et en souffre. La colère de Daredjane pèse sur elle. Une colère qui l'a saisie à la mort de Tamaz et qui ne s'apaise pas avec les années. Pleurer son mari et soutenir Tina est devenu sa seule raison de vivre. Plus rien d'autre ne la touche.

Kessané repense à un rêve récurrent qu'elle faisait enfant, elle se trouvait sur un quai de métro et suivait sa mère. Soudain, on la bousculait et elle la perdait de vue. Elle l'appelait, plusieurs femmes se retournaient, qui avaient toutes le visage de Daredjane. Certaines la regardaient avec tendresse, d'autres avec un air cruel. Kessané, terrorisée, désespérait de parvenir à distinguer sa véritable maman.

Peu à peu, sa mère solaire, éclatante d'optimisme, dont l'énergie la portait, s'était transformée en une autre femme, irascible et amère, surtout envers sa fille aînée.

«Le chagrin n'explique pas tout, avait dit Éliko, je crois que, chez Daredjane, il a provoqué une profonde dépression.»

L'amie de sa mère vivait seule elle aussi, à Tbilissi. Elle avait perdu un fils quelques années plus tôt et était veuve depuis peu, comme Daredjane, après cinquante ans de vie commune.

«Tu es trop dure avec maman, affirmait Tina, laisse-lui le temps, elle est juste malheureuse et ne supporte pas la solitude. Tant mieux si Éliko le vit mieux, on n'est pas tous égaux devant la perte.»

Kessané avait insisté, leur mère devrait aller voir un psy, cela pourrait l'aider. Un premier désaccord avec sa sœur. Daredjane avait accepté quelques séances, qui s'étaient révélées désastreuses. La psychanalyste était prétendument une folle agressive et aucune chance qu'elle y retourne.

«Ce qui est intéressant, avait fait remarquer Kessané, c'est que tu perçois un médecin supposé t'apporter de l'aide comme une personne agressive. On sait bien qu'il faut du temps pour sentir les bienfaits des séances.»

Daredjane avait exigé qu'elle lui fiche la paix. Kessané s'était disputée avec Tina, qui défendait une théorie selon laquelle la thérapie n'était pas une solution pour tout le monde. Tina affirmait que le chagrin de leur mère était inéluctable, qu'il n'y avait rien à faire, sinon l'entourer d'affection. L'allusion au manque de compassion de Kessané était claire.

Elle ne pouvait plus se confier à Béatrice, qui lui manquait cruellement. Qu'aurait-elle dit de la situation ? Les deux amies avaient partagé leur enfance, leur jeunesse, leur vie de femme, ne plus l'avoir à ses côtés au quotidien bouleversait Kessané. Elles avaient révisé le bac ensemble et avaient décidé de faire une école de journalisme. Elles étaient entrées toutes deux à Radio France comme stagiaires. Deux ans après, Béatrice animait brillamment une émission littéraire. Pour Kessané, le chemin avait été plus long, elle passait mal à la radio, elle perdait ses moyens. Elle s'était tournée vers la presse écrite. Elle n'écrivait pas un article sans le faire relire à Béatrice. Celle-ci la bousculait sans ménagement.

«Tu te répètes, lui disait-elle, attention, chaque phrase doit avoir un contenu, pas de mots inutiles.»

Encore aujourd'hui, Kessané, en se relisant, entend la voix de Béatrice lui intimant d'être exigeante. De progresser.

Lorsque Béatrice avait rencontré son mari, journaliste également, elle allait avoir vingt-cinq ans. Ce dernier avait un frère, Anton, qui avait plu tout de suite à Kessané. Les deux jeunes hommes étaient d'origine arménienne. Ils s'étaient mariés à quelques mois d'intervalle.

«Nos enfants porteront le même nom de famille, avait dit Béatrice, qui l'aurait cru ?

– Qui aurait cru, surtout, que vous vous marieriez si jeunes», s'était étonnée Tina, qui multipliait les aventures amoureuses er ne songeait pas à se caser.

Anton était l'amant et le meilleur ami de Kessané, il s'entendait avec ses parents, se rendait volontiers en Géorgie, et surtout aimait Tina, ce qui comptait pour Kessané. La famille de sa femme, omniprésente dans leur vie de couple, semblait lui convenir. Lui-même, grâce à l'amitié de Kessané et de Béatrice, voyait beaucoup son frère. Les deux couples avaient eu chacun une fille. La naissance d'Éka avait ébranlé Tina.

«J'ai l'impression de te perdre, lui avait-elle avoué. Dire que tu es une maman maintenant.

– Je suis toujours ta sœur.»

Kessané pigeait régulièrement pour des quotidiens et des magazines. Elle commençait à bien gagner sa vie, même si elle n'écrivait pas encore sur des sujets qui l'intéressaient. Elle profitait de son statut de pigiste pour passer du temps avec sa fille. Pourtant, elle désespérait d'obtenir un jour un poste important dans un journal.

« Ça viendra, affirmait Béatrice, je n'ai aucun doute sur ton avenir.

– Moi non plus », renchérissait Anton.

Tina dansait dans des chorégraphies qu'elle montait avec des amis dans des petites salles parisiennes. Kessané l'encourageait et amenait leurs amis voir ses spectacles.

« Tu devrais quand même intégrer un conservatoire, avait conseillé Béatrice à sa sœur.

– Je continue à prendre des cours, avait répondu Tina, agacée.

– Ce n'est pas la même chose, avait insisté Béatrice, crois-moi, si tu veux danser professionnellement, il te faut un bagage solide. »

« Tu devrais la pousser à rejoindre une structure, répétait Béatrice à Kessané, ses spectacles font amateurs.

– Elle a raison, disait Anton.

– Elle se débrouille », leur répondait Kessané.

Mais elle avait quand même fait part de leurs réflexions à Tina.

« J'y arrive à ma façon, avait rétorqué sa sœur, je vais monter ma propre troupe. Qu'est-ce qu'ils connaissent au monde de la danse ?

– Je te soutiens de toute façon », lui avait assuré Kessané, sentant qu'elle la heurtait.

Elle enviait à sa sœur sa liberté, ses choix et ses amours. À trente ans passés, elle se sentait parfois prisonnière de son statut de mère à la maison, et un peu frustrée de ne pas écrire ce qu'elle voulait. Elle était partagée, elle voulait un deuxième enfant. Anton le lui réclamait. Au moment où elle s'était décidée, il avait paru soucieux.

« Tu as changé d'avis ? avait-elle demandé.

– Non, mais avant on doit parler. »

Il avait confessé l'avoir trompée. Il ne savait pas ce qui lui avait pris, peut-être avait-il eu besoin d'un autre regard. Il ne voulait pas la quitter. C'était juste un coup de cœur vite passé.

« Tu étais au courant ? avait-elle demandé à Béatrice.

– Bien sûr que non, lui avait assuré son amie, Anton t'aime, c'est ça qui compte. C'est juste une histoire de cul. Ne le jette pas pour ça.

– Je ne sais pas ce que je préfère : l'histoire de cul ou le coup de cœur, avait ironisé Kessané. Et je doute qu'Anton n'en ait pas parlé à son frère. »

Elle était allée se réfugier chez Tina. Elle avait pensé au couple que formaient leurs parents.

« Tu as déjà demandé à maman si papa et elle avaient traversé des crises ? l'avait-elle interrogée.

– J'ai essayé une fois, avait répondu sa sœur, je lui ai même dit qu'elle aurait pu nous prévenir à quel point la vie conjugale était parfois difficile, mais elle ne voyait pas de quoi je parlais.

– Elle a réagi de la même façon quand je lui ai dit qu'avoir un enfant était un bouleversement. À l'entendre, tout était simple pour eux.

– Sans doute que ça l'était, avait dit Tina, je ne les imagine pas se tromper l'un l'autre. »

Elles s'étaient interrompues, songeuses. Est-ce que le modèle de leurs parents avait entravé leurs relations amoureuses ?

« Tu devrais laisser couler, avait dit Tina. Anton et toi, vous formez un couple si harmonieux. C'est une chance de vous être trouvés. Ne gâche pas tout. »

Tina et Béatrice semblaient en accord sur ce point. Elles avaient sans doute raison, mais Kessané se sentait déchirée.

«J'en veux plus à Anton de me l'avoir dit, de ne pas m'avoir épargnée et protégée, que d'être allé voir ailleurs. Tu comprends? Je pensais qu'il ne me ferait jamais de mal. Nos parents ne se sont jamais fait souffrir. L'amour, ça devrait être ça, ne pas blesser l'autre. J'avais confiance en lui, comme j'ai confiance en toi, en papa et maman.»

Elle aurait dû se taire, Tina venait de rencontrer quelqu'un et ce n'était pas le moment de la faire douter.

Elles avaient dormi ensemble, ce qui ne leur était pas arrivé depuis longtemps. Kessané avait voulu fermer les volets, mais le noir rendait Tina claustrophobe. Kessané s'était réveillée à l'aube à cause de la lumière du jour, elle se sentait fébrile et faible, elle aurait voulu être dans son lit, elle n'avait plus l'âge de dormir avec sa cadette.

«Je suis enceinte, lui avait annoncé Tina au petit déjeuner. Je sais, tu vas me dire que c'est prématuré, qu'on vient de se rencontrer, mais je crois qu'on va le garder.»

Elle n'avait pas laissé à Kessané le temps de réagir et avait poursuivi:

«Tu sais ce que m'a dit papa? Que je n'étais pas obligée d'avoir un enfant, d'avoir une vie stable comme toi. Je ne comprends pas, il pense que je cherche à t'imiter ou que je ne suis pas capable d'être mère ?

– Tu le lui as annoncé avant de me le dire ?

– Non, même pas, il m'a fait ce petit discours sans savoir.

– Je crois qu'il cherche à t'assurer de son soutien quels que soient tes choix. »

Leurs parents avaient adoré devenir grands-parents, ils avaient été formidables pour Éka, puis pour les fils de Tina, qui avait eu ses deux garçons à un an d'intervalle.

Kessané avait tenu quelques années, puis décidé de se séparer d'Anton. Il avait brisé quelque chose en elle qui n'était pas réparable. Ils s'étaient quittés comme ils s'étaient aimés, simplement. Elle avait pensé à la chanson de Joe Dassin que sa mère adorait.

On s'est aimé comme on se quitte
Tout simplement sans penser à demain.

« Je ne voulais pas élever ma fille seule. Je ne me voyais pas mère célibataire, avait-elle confié à Béatrice.

– Tu n'es pas seule, lui avait répondu Béatrice, Anton sera toujours là. »

Il l'était. On pouvait dire que leur divorce était réussi, mais elle se sentait meurtrie.

Peu de temps après, Béatrice avait appris qu'elle était atteinte d'un cancer du pancréas. Ses proches lui assuraient qu'elle allait s'en sortir. Ils voulaient le croire.

« Kessané, écoute-moi, lui avait déclaré son amie, je vais mourir.

– Ne dis pas ça.

– Laisse-moi te le dire, s'il te plaît, et entends-moi. Je voudrais que tu me promettes de t'occuper d'Adèle. Est-ce que tu pourras lui parler de moi ? Toi seule pourras le faire. »

Incapable de répondre, Kessané lui avait caressé la main, l'avait serrée contre elle.

– Il a fallu que je sois mourante pour que tu me câlines », avait plaisanté Béatrice, qui, plus démonstrative qu'elle, passait son temps à vouloir l'enlacer. Kessané se dérobait.

Tamaz était tombé malade quand Béatrice était encore à l'hôpital. Kessané se partageait entre son père et son amie, allant d'un hôpital à un autre. Elle était arrivée un soir tard dans la chambre de Tamaz. Elle s'était assise à côté de lui, il dormait, grimaçait dans son sommeil. Un simple rictus plutôt que l'expression d'une douleur, avait-elle espéré. Il s'était réveillé, l'avait fixée et avait murmuré :

« Qu'est-ce que tu fais là toute seule dans le noir, *Maimouni* ? »

Les larmes étaient venues aux yeux de Kessané. Elle croisait souvent son père dans l'obscurité de la maison du Vésinet. Ils souffraient tous deux d'insomnie. Elle se levait, apercevait de la lumière dans la cuisine et le découvrait, assis, mangeant un yaourt. Dans le silence, elle ouvrait le frigo, prenait un morceau de fromage et s'asseyait en face de lui. Parfois, c'était elle qui le devançait et, en la trouvant, il disait cette phrase : « Qu'est-ce que tu fais toute seule dans le noir ? »

Des moments précieux. Les tête-à-tête avec son père étaient rares. La plupart du temps, ils étaient quatre. Il demandait :

« Quelque chose t'empêche de dormir, *Maimouni* ?

– Plein de choses, tu sais bien, je ne parviens pas à m'arrêter de penser.

– Demain, rien de ce qui te préoccupe ne te semblera aussi important. »

Et il avait raison. Les préoccupations de la nuit s'évanouissaient avec le jour.

Quand elle était partie de la maison, ses insomnies avaient cessé et, avec elles, les instants d'intimité avec son père. Quand elle le voyait sans Daredjane, c'était parce qu'il venait garder Éka. Il se consacrait à sa petite-fille et il lui arrivait de l'appeler «*Maimouni*».

«Pardon, s'était-il excusé auprès de Kessané, ne m'en veux pas, mais elle fait les mêmes mimiques que toi, elle rit comme toi.

– Je ne t'en veux pas, papa, je suis contente que vous vous entendiez bien.

– Je suis comblé avec mes petits-enfants, mais parfois nos virées à quatre me manquent. Tu sais, notre noyau.»

Peu habituée à ce que son père s'épanche, elle n'avait pas su quoi répondre.

«Ça me tourmente, vos séparations, avait-il dit.

– On s'en sort, papa.»

Le compagnon de Tina venait de la quitter.

«Oui, je vois que tu t'en sors bien. Je suis plus inquiet pour ta sœur, j'étais rassuré de la savoir à l'abri, soutenue. Tina aime sa liberté, je ne sais pas si elle était faite pour avoir des enfants.»

Le père des fils de Tina aurait voulu qu'elle trouve un travail régulier et cesse d'être intermittente. Tina s'était révoltée, sentie trahie, incitée à renoncer. Elle avait refusé toute concession. Son compagnon était parti en ayant l'impression qu'ils ne pourraient jamais s'entendre.

«Ça va aller, papa, avait promis Kessané à son père. Je vais lui parler.»

Peu avant la maladie, sur son impulsion, ils étaient partis tous les quatre. «Comme avant», avait dit Daredjane. Un road trip en Provence dans le coin où elle avait ensuite acheté sa maison. Éka était avec Anton, et Tina avait laissé les garçons à leur père. Ils avaient écouté Joe Dassin et chanté à tue-tête.

On ira où tu voudras
Quand tu voudras
Et l'on s'aimera encore
Lorsque l'amour sera mort
Toute la vie sera pareille à ce matin
Aux couleurs de l'été indien.

«Je pense à Joe Dassin», avait-elle répondu à son père dans l'obscurité de la chambre d'hôpital.

Une lueur amusée avait un instant éclairé le regard de Tamaz, puis il s'était assombri de nouveau. Il avait refermé les yeux et ne les avait plus rouverts. Dormait-il? Sentait-il sa présence? Ou était-il déjà loin?

«On est bien, ne l'oubliez pas», disait-il souvent.

Et il ajoutait:

«Pourvu que ça dure.»

Cette phrase liée à son père résonnait. Rien n'avait duré.

Béatrice était morte quelques jours avant Tamaz. Kessané avait pris Adèle chez elle pendant quelque temps, le mari de son amie s'étant réfugié dans le travail. Les deux enterrements avaient eu lieu coup sur coup. Hébétée, elle avait lu des textes écrits pour Béatrice, pour Tamaz.

Puis Tina avait eu un accident à la montagne. Une opération du genou l'avait un moment handicapée. Ses fils passaient beaucoup de temps chez Kessané. Le groupe qu'ils formaient avec Éka et Adèle apportait de la joie chez elle malgré les circonstances. Elle s'en félicitait pour sa fille, leur relation était devenue peut-être trop fusionnelle depuis son divorce. L'inquiétude dévorante de Daredjane pour sa cadette avait commencé à s'installer et cohabitait avec la douleur de la perte de Tamaz. Sa mère était dévastée par la situation de sa sœur, « abandonnée avec ses fils », disait-elle.

« Ne t'inquiète pas, maman, avait-elle tenté de la rassurer, Tina est une adulte, ne la traite pas comme si elle était adolescente, son histoire était finie, elle le disait elle-même. Et tu exagères, ses fils ont un père qui s'occupe d'eux.

– Tu déformes la réalité, c'est un père défaillant. Tu ne réalises pas la chance que tu as d'avoir un ex-mari, bon père, qui te soutient financièrement.

– Il n'y a pas que l'argent.

– Facile à dire quand on en a. Pauvre Tina, sa carrière est brisée.

– Maman, encourage-la plutôt à rebondir, fais-lui confiance, tu ne lui rends pas service en la considérant comme une victime. Tina n'avait pas de véritable carrière avant l'accident. »

Cette dernière remarque avait plongé sa mère dans une fureur qu'elle ne lui avait jamais connue.

Daredjane l'accusait naïvement de connaître des gens bien placés et de ne pas lever le petit doigt pour trouver un engagement dans un spectacle pour sa sœur. Kessané se défendait, refusant d'endosser cette responsabilité, leurs peines et leurs problèmes. Éka assistait souvent à leurs disputes. Elle aurait voulu l'épargner, mais Daredjane déversait sans aucune retenue son amertume sur Kessané et finissait par pleurer devant sa petite-fille. Kessané était terrassée, le cœur battant si fort qu'elle ne pouvait plus se lever. Éka se précipitait pour la consoler, l'obligeant à se ressaisir rapidement.

Elle avait finalement obtenu le poste dont elle rêvait, la rubrique culture dans un quotidien. Ni son père ni Béatrice n'étaient là pour partager sa joie. Daredjane et Tina étaient trop affectées pour se réjouir avec elle.

Kessané faisait son possible pour être à leurs côtés. Les deux sœurs passaient le week-end au Vésinet avec leur mère, Kessané remplissait le frigidaire, payait pour l'entretien de la maison, un problème de chaudière, une fuite, un éboulement dans le jardin. Elle organisait des activités pour les enfants, prévoyait les vacances. Tina et Daredjane se laissaient dépérir.

« On ne peut pas continuer comme ça, avait dit Kessané, ce huis clos dans cette maison sans papa est malsain, pour nous trois et pour les enfants.

– Je sais, on étouffe, avait répondu Tina, on est si mal.

– Tu as besoin de vacances, ma chérie, avait dit Daredjane à Tina. De décompresser.

– On va bientôt partir, avait assuré Kessané, j'ai loué une maison dans le Sud. Mais il est urgent que Tina trouve du travail.

– Comment veux-tu qu'elle fasse avec sa jambe ? s'était exclamée leur mère.

– Je ne parle pas de danser.

– Tu veux que je laisse tomber la danse, c'est ça ? avait dit Tina. Tu ne crois plus en moi ?

– Tu peux faire autre chose en attendant. Travailler pour une compagnie, ou envisager une formation dans un autre domaine. Tu as plein de possibilités. »

Le ton était monté.

« Je ne peux pas croire que tu me parles comme ça, avait dit Tina.

– Tout le monde n'a pas autant de chance que toi, Kessané, avait lancé Daredjane.

– Ne me parlez plus de chance. Rien n'est facile. Danser professionnellement demande une discipline draconienne. Tina, tu ne l'avais pas, même avant ton accident. Et tu as plus de trente-cinq ans...

– Tais-toi, avait hurlé Tina, la danse est toute ma vie, tu le sais mieux que personne.

– Ne te fâche pas, je m'inquiète pour toi, tu as l'opportunité de te remettre en question, d'interroger ta passion.

– Tu ne vois pas que je ne peux rien faire, regarde ma jambe. Regarde-la. »

Hors d'elle, Tina avait relevé son pantalon et mis sa cicatrice sous le nez de Kessané.

« Je suis fatiguée, papa est mort, je suis seule avec deux garçons. J'ai besoin de me reposer.

– Moi aussi, l'avait interrompue Kessané. Et vous comptez toutes les deux sur moi. On ne part pas quand on n'a pas d'argent.

– Tu es une vraie salope.

– Une salope qui se préoccupe de toi sans cesse, qui garde tes enfants, t'emmène en vacances. Comment vas-tu t'en sortir si tu ne travailles pas ?

– Arrête, Kessané, je suis à bout, avait crié Daredjane, laisse ta sœur tranquille. »

Elle avait tapé du poing sur la table en se levant brusquement et avait fait tomber les dernières assiettes du service en porcelaine de Bébia. Elles étaient restées toutes les trois, tremblantes de rage, hébétées par leur propre violence devant les débris.

6

En Géorgie, on avait diagnostiqué à Éliko un début d'Alzheimer. La vieille amie de sa mère avait pris la nouvelle avec courage.

«Je vais m'organiser, avait-elle dit, je ne veux être un poids pour personne. Et puis, à mon âge, ça peut évoluer très lentement.

– Je vais m'arranger pour venir plus souvent, lui avait assuré Kessané. Mais il faut trouver quelqu'un pour s'occuper de toi au quotidien. Tu as parlé à maman ?

– Tu penses, je n'ai rien dit. De toute façon, ta mère ne me demande plus de mes nouvelles. Elle est devenue égoïste, obsédée par son propre sort et celui de ta sœur, qu'elle me décrit à longueur de coup de fil. Je dois t'avouer que j'en ai assez. J'ai été compatissante longtemps, maintenant elle exagère. Elle n'est pas la seule à avoir des problèmes.

– Tu devrais lui dire ce que tu penses. Tu as eu ta part de malheur. Un malheur immense, il faudrait que maman le réalise.

– Si je ne suis pas en accord avec elle, elle raccroche très vite. Pendant notre dernière conversation, elle m'a accusée de te préférer à ta sœur. Je lui ai répondu que j'ai toujours eu plus d'affinités avec toi et que je ne voyais pas le problème. Elle a raccroché brutalement.

– Je suis enfin la préférée ! avait plaisanté Kessané. Maman ne pense plus qu'à Tina et en veut à quiconque ne le fait pas.

– Je sais, *guénastvalé*, j'ai vu comment ta mère te regarde, comme elle t'en veut. Sûrement parce qu'elle te sent forte et qu'elle protège ta sœur. Mais elle t'aime. Elle n'est plus elle-même, c'est tout. »

Ce n'est plus de l'amour, avait envie de dire Kessané. Un tourment permanent et lancinant. Tina ressassait ce que sa sœur avait pu dire, transformait tous ses conseils en flèches assassines. Qui d'autre aurait pu la mettre face à la réalité ? Peut-être avait-elle été maladroite ? Aurait-elle dû garder ses réflexions pour elle ? Sa sœur était à fleur de peau, à peine remise, ce n'était pas le bon moment pour dire ce qu'elle pensait. Sans doute était-elle allée trop loin. Comment se serait comporté leur père ? Aurait-il bousculé Tina à sa place, joué son rôle, qui n'était pas celui de Kessané ? Elle aurait voulu que Daredjane et Tina se prennent en main, se secouent, mais elles en étaient incapables. Impuissante, elle les voyait s'apitoyer sur elles-mêmes.

Éliko lui caressait le bras en parlant. Elle avait toujours eu ce geste qui l'agaçait petite. Kessané se laissait faire. Chaque fois qu'elle parlait à Éliko, elle se sentait rassérénée. Habitée par une énergie nouvelle.

L'incompréhension constante érigée entre elle et l'entité que formaient désormais Daredjane et Tina l'épuisait. L'amour inconditionnel de sa mère pour sa sœur était une entaille inguérissable. Pourquoi Daredjane ne pouvait-elle plus partager cet amour en deux ? « Tu devrais te poser la question, lui avait lancé Tina en grimaçant. Es-tu encore aimable ? » Kessané avait senti un bloc de glace lui étreindre la poitrine. Le gel s'était installé, la meurtrissait, mais lui servait d'armure.

Sa sœur l'avait appelée alors qu'elle était chez Éliko. Elles se parlaient de moins en moins. Tina voulait organiser un déjeuner avec leurs enfants chez Daredjane.

« Elle a besoin de nous voir ensemble, avait-elle dit.

– Pourquoi veux-tu jouer la comédie ? avait demandé Kessané, je crois que maman n'est pas dupe. Ni toi, ni moi n'avons envie d'être ensemble. Sois honnête. Ne fais pas croire à maman le contraire. De toute façon, ce jour-là, je serai encore à Tbilissi.

– Dommage, avait dit sa sœur, ça aurait été bien pour maman. »

Elle avait mal raccroché le téléphone et Kessané avait compris que leur mère était avec Tina et guettait sa réaction.

« Alors ? avait-elle entendu Daredjane interroger.

– Elle ne veut toujours pas se réconcilier avec moi, avait dit Tina, même pour toi. Et puis elle est encore avec Éliko, elle ferait mieux de rentrer.

– Mais, enfin, Éliko a des gens pour s'occuper d'elle. Qu'est-ce qu'elle fabrique, tout le temps fourrée là-bas ? » s'était exclamée Daredjane.

Kessané avait coupé la conversation, redoutant d'en entendre plus.

Elle s'éternise à la table de la cuisine. Elle devrait se mettre au travail. Un autre livre en cours. Pendant un reportage, elle s'était retrouvée par hasard au Vésinet et n'avait pu résister à l'envie de revoir leur pavillon. Il n'avait rien d'exceptionnel, mais abritait leur enfance, leur jeunesse. Leurs parents jeunes et rayonnants, leur sororité indéfectible. Elle était restée devant la grille, avait respiré les odeurs familières du jardin. Elle n'avait pas sonné, avait préféré déambuler en pensée à l'intérieur, revoir les meubles bon marché, côtoyant ceux fabriqués par leur père, les objets de leur quotidien, les tapis géorgiens, les coussins à profusion, les cornes de buffle et les poignards accrochés au mur. La porte de la salle de bains fermait mal, elle restait si longtemps dans la minuscule baignoire sous la fenêtre que ses mains et ses pieds en ressortaient fripés. Les branches du pommier se balançaient pendant qu'elle imaginait son avenir. Peut-être que ses meilleures années se nichaient là, dans ces moments de contemplation et de rêverie où tout était encore possible.

Elle revoit la clarté surnaturelle de l'aube en Abkhazie. Elle sortait sur le balcon. Le bois craquait sous ses pieds comme un feu qui crépite. Le paysage à perte de vue est figé dans sa mémoire comme une peinture. En l'évoquant, elle peut presque sentir l'air et les parfums du Caucase. Le mal de l'Abkhazie la poursuivra, comme il poursuivra sa mère et sa sœur, et elles sont incapables de se consoler mutuellement.

Ses pensées s'éparpillent. Éka, qui a rempli une partie de sa vie, vient d'entrer à la fac, il va falloir se tourner vers autre chose. Elle pense à Othar comme à une lumière qui clignote au loin. Un peu irréelle.

Une rencontre si improbable. Elle n'en a rien dit à Daredjane et à Tina, les deux seules personnes qui auraient compris le miracle de ses retrouvailles.

Elle était à New York pour son travail et avait été invitée au vernissage d'une exposition de photos. Elle n'était pas préparée au choc qui l'attendait. Des photos de guerre. Images universelles. Des bâtiments en ruine, des silhouettes égarées, des hommes, des femmes, des enfants sur les routes. Des militaires, des chars. Des cadavres, des visages dévastés. Sans même lire le catalogue, elle avait deviné qu'il s'agissait de l'Abkhazie. La crudité et la violence devenaient intimes. Elle avait sous les yeux ce qu'elle n'avait pas voulu voir lorsqu'elle était jeune. Parce qu'elle était encore une enfant, s'était-elle trouvé comme excuse. L'Abkhazie ravagée en noir et blanc. Une photo avait attiré son attention. Une maison éventrée. Elle s'était approchée et le pressentiment qu'elle avait eu s'était vérifié. C'était leur maison. Un poing dans la poitrine. Elle a entendu sa voix dans son dos.

«Kessané ?»

Elle s'était sentie trembler et s'était retournée lentement. Un homme brun, de taille moyenne, portant une barbe de trois jours, lui faisait face. Elle avait reconnu tout de suite le regard noir. Ils étaient restés debout l'un en face de l'autre un long moment avant de parler. Elle ne savait plus ce qu'ils s'étaient dit.

Elle pensait ne jamais le revoir, elle s'était tellement inquiétée, avait écrit, interrogé, enquêté pour savoir ce qu'Othar et sa famille étaient devenus. Elle avait mis longtemps avant de renoncer. C'est sans doute ce qu'elle lui avait dit. Il avait fini par la prendre dans ses bras. Elle avait fondu en larmes et n'avait pas pu s'arrêter.

« Je ne pleure jamais, je ne sais pas ce qu'il m'arrive, pardon, je suis ridicule », s'était-elle excusée.

Quelle image offrait-elle ? Il avait échangé quelques mots en anglais avec une personne de la galerie et l'avait entraînée dehors. Elle l'avait suivi. Sa main dans la sienne, leurs doigts entremêlés. Au café, il ne l'avait pas lâchée et n'avait pas cessé de caresser sa paume.

Elle se trouvait au cœur de Manhattan en face d'Othar. La situation lui avait paru absurde et ses pleurs avaient viré en rires.

« Ah, enfin, s'était-il exclamé, j'ai cru que tu ne savais plus rire, et tu sais comme j'aime ton rire. »

Il s'adressait à elle comme s'ils avaient traversé le temps et étaient encore de très jeunes gens au seuil de leur vie.

Son père et lui n'avaient pas pu combattre en Abkhazie, c'était la fin de la guerre et ils avaient été évacués. Ils avaient eu le temps de comprendre les horreurs commises. Kessané n'avait pas osé lui demander à quoi il faisait allusion. Ils avaient réussi à rejoindre leur famille et ils avaient dû abandonner leur foyer et s'échapper par la montagne ; à pied dans le froid polaire, munis de quelques effets attrapés à la va-vite. Impossible de lui décrire leur fuite. Elle l'avait interrogé sur la mort de Bébia, mais il avait esquivé. Mourir de froid est indescriptible. Elle avait revu dans un flash le regard pétillant de la grand-mère qu'il adorait et tenté d'imaginer sa souffrance.

« Et tes frères ?

– Ils ont survécu. Ils vont bien. On vit tous en Belgique. Je t'ai cherchée sur Internet et j'ai vu que tu as réussi. Tu es journaliste.

– Pourquoi tu ne m'as pas appelée ? Moi aussi, je t'ai cherché.

– J'ai pris un pseudo. Un agent m'y a obligé, mon nom géorgien lui paraissait trop long.

– Tu es photographe de guerre ?

– Non, après l'Abkhazie, j'ai arrêté d'aller sur les fronts. C'étaient mes premières photos et ce sont celles qui m'ont lancé. Quelle ironie ! J'espérais que tu ne les verrais jamais.

– J'aurais dû les voir avant, j'ai esquivé, tu sais, j'aurais dû écrire sur l'Abkhazie, j'ai honte, mais j'en étais incapable. Un jour peut-être.

– C'est mieux, crois-moi. Tu serais trop impliquée. La haine m'a animé longtemps. Elle me bouffait. Je n'aurais pas aimé te revoir pendant cette période. J'étais hors de moi. Rien de bon ne peut sortir de la haine. »

Il avait marqué une pause et avait lâché sa main, soudain gêné. Un coin de ses lèvres s'était soulevé et il avait esquissé son premier sourire depuis leur rencontre. Le même que dans ses souvenirs. Ils avaient marché dans New York.

« Pourquoi tu n'as pas cherché à me joindre ? avait-elle demandé à nouveau.

– Je n'ai pas osé, et puis ta mère a dit à la mienne que tu étais débordée.

– Qu'est-ce que tu dis ? Maman a eu de vos nouvelles ?

– Elle ne t'a rien dit ?

– Non. Je ne comprends pas.

– Tina non plus ? Elle est venue à Bruxelles et a vu mes frères. »

Kessané avait senti le sol se dérober sous elle. Elle avait dû s'asseoir un instant.

« Pardon je pensais que tu le savais, avait dit Othar, j'ai cru comprendre que vous étiez fâchées, mais je ne pensais pas que c'était au point de ne plus vous parler. »

Elle était incapable de prononcer un mot, elle sentait son cœur s'accélérer dans sa poitrine et ne pouvait plus bouger. Il s'était inquiété, avait appelé un taxi.

« Ce n'est rien, avait-elle dit, ça m'arrive souvent, ce sont de simples crises de tachycardie, paraît-il. C'est stupide. »

Il l'avait emmenée à son hôtel. Elle s'était écroulée sur le lit. Quand elle s'était réveillée, il dormait allongé à son côté. Elle ne parvenait pas à croire à sa présence. Ni à ce qu'il lui avait raconté. Sa mère, Tina. Comment avaient-elles pu ? Elle s'était levée, était allée dans la salle de bains se passer de l'eau sur le visage. Quand elle avait relevé la tête, leurs reflets étaient côte à côte dans le miroir.

« Tu es devenue une belle femme, avait-il dit.

– C'est à cause d'elles que tu ne m'as pas appelée ? De ce qu'elles disent de moi ?

– Je me fiche de ce qu'elles disent. Tu n'as pas changé. Je n'ai pas osé, c'est tout. »

Il s'était approché et ils s'étaient embrassés longuement comme des adolescents. Ils étaient retournés s'allonger.

«Je t'ai souvent écrit des lettres imaginaires, avait-elle dit, si tu savais tout ce que j'ai pu te raconter.

– Raconte-moi maintenant.

– Je ne peux pas. Demain peut-être.»

Ils se faisaient face, étendus sur le coté.

«J'avais tellement peur de coucher avec toi quand j'étais jeune, avait-elle dit, mais j'en avais envie.

– Moi aussi, j'étais terrifié, je crois que j'ai été soulagé que ton grand-père nous surprenne.

– Tu l'avais vu?

– Bien sûr.»

Il avait marqué une pause.

«Et maintenant?

– Maintenant j'ai peur aussi. J'étais trop jeune, aujourd'hui, je me sens trop vieille. Je te décevrais.»

Il s'était approché tout près, avait posé ses longues mains sur sa taille.

«On ne peut pas se décevoir, on ne s'attend à rien, non?

– Tu as la même odeur, avait-elle dit, comment est-ce possible?»

Elle avait entrevu son sourire avant qu'il l'embrasse à nouveau. Ils avaient passé la nuit ensemble, puis les suivantes.

«Je ne m'attendais certainement pas à ça», avait-il dit quand elle avait dû repartir.

Il évoquait la passion inattendue dans laquelle ils avaient été précipités. Ils étaient convenus de se retrouver à Bruxelles le mois suivant. Depuis, elle s'y rendait régulièrement. Quand ils n'étaient pas ensemble, ils s'écrivaient et se parlaient plusieurs fois par jour.

Il avait posé beaucoup de questions sur sa relation avec Daredjane et Tina. Comment lui avouer qu'à cet instant précis elle avait la sensation de les détester ? Elle avait attendu. Au bout de quelques jours, elle n'avait toujours pas de réponses. Que dire ?

« Tu portais le rêve de Tina, avait dit Othar, tu as cessé de le faire et tu lui as lâché la main. Tu ne pouvais pas agir autrement, mais elle ne peut que t'en vouloir et te jalouser. »

Kessané tarde à finir son petit déjeuner. Elle contemple la vue sans parvenir à en jouir complètement. Elle devrait se débarrasser des messages de sa sœur sur son portable. S'alléger. Elle relit leur dernier échange, agressif et stérile. Elle songe qu'elle a fait ce que voulait Othar, elle n'a pas parlé de lui à Daredjane et à Tina, a laissé la colère s'éloigner. Elle efface les SMS.

7

Un peu plus tard, Daredjane entre dans la cuisine et surprend Kessané en train de s'essuyer les yeux. Est-ce qu'elle pleure ? Sûrement pas. Ça ne lui arrive jamais. Elle fait comme si elle n'avait rien vu et se met à table.

« Ton café est prêt, lui dit Kessané, et je t'ai rapporté la confiture que tu voulais.

– Je n'en prendrai pas ce matin, répond Daredjane.

– Je croyais que tu en raffolais, dit Késsané.

– Oui, oui, mais je n'en ai pas envie aujourd'hui.

– Très bien. »

Un silence s'installe. Ce qui arrive de plus en plus souvent entre elles. Comme si elles n'avaient plus rien à se dire.

« Est-ce que tu me donnerais la couverture bleue du Vésinet ? demande Kessané.

– Quelle idée ? Qu'est-ce que tu veux faire avec ce vieux plaid ? Il n'irait pas avec les belles choses que tu as ici.

– Ça me ferait plaisir de l'avoir, Éliko m'a raconté son histoire. Pourquoi tu ne m'as jamais dit qu'elle a été tissée par la mère de Bébia ?

– Bien sûr que je te l'ai dit, tu ne m'as pas écoutée, c'est tout. »

De quoi se mêlait Éliko en racontant ses histoires de famille ?

Daredjane avait rapporté la couverture en question de Géorgie, lorsqu'elle s'était installée en France.

« Tu l'avais dans tes bagages la première fois que tu es venue à Paris, quand tu as rencontré papa. Tu dormais avec. Et ensuite tu nous en recouvrais dans nos lits d'enfants. C'est incroyable le chemin qu'a parcouru une simple couverture. »

À cause d'Éliko, sa fille commence à broder toute une histoire.

« Alors, tu es d'accord pour me la donner ? insiste Kessané.

– Si tu veux, finit-elle par dire à contrecœur.

– Maman, il faudrait que tu ailles voir Éliko. »

Kessané change de sujet abruptement. Une manie infernale.

« Pourquoi veux-tu que j'aille, moi, à Tbilissi ? Elle ne vient pratiquement plus à Paris et m'appelle de moins en moins.

– Elle oublie les choses du quotidien, les coups de téléphone, les visites, et elle s'inquiète pour son fils qui est mort depuis longtemps. C'est bouleversant. Comment veux-tu qu'elle réalise le temps passé sans toi ? Mais je pense qu'elle a besoin de te voir, besoin de nous.

– Si ça te semble plus important de t'occuper d'elle, soupire Daredjane.

– Je ne te comprends pas. C'est ta plus vieille amie. »

Kessané a toujours aimé le temps passé avec Éliko.

« Tu n'es pas jalouse quand même, maman ? Éliko est atrocement seule. »

Daredjane manque de s'étrangler avec une tartine.

« Alors, elle, tu as pitié ?

– Je n'ai pas envie de me disputer avec toi. Je préfère ne rien dire », répond Kessané.

Daredjane voudrait lui faire prendre conscience à quel point elle-même se sent seule, soir après soir, pourquoi Kessané ne veut pas le comprendre ? Sans Tina, elle ne sait pas ce qu'elle ferait. « Tu l'accueilles comme le Messie, lui reproche Kessané, c'est normal qu'elle aime venir te voir, moi, tu m'agresses, quand ce ne sont pas mes vêtements qui ne me vont pas, c'est ma coupe de cheveux, ou tu m'attaques sur ma personnalité. Tu considérais ma distance comme une forme de pudeur, comparable à celle de Bébia. Ce qui ne l'empêchait pas d'être chaleureuse et affectueuse à sa manière, disais-tu. » Kessané ne supporte pas qu'on lui mette les points sur les i, il faut toujours qu'elle discute. Et ce besoin de se raccrocher aux disparus. Même à sa grand-mère. Daredjane n'a fait que soutenir sa cadette, dont personne ne se préoccupe et qui a vu sa vie s'effondrer. Quoi de plus normal ? Que ferait Tina sans son soutien ? Elle a pour sa mère des gestes, des attentions que Kessané n'a pas. Elle pense à venir la voir le jour de l'anniversaire de la mort de Tamaz, apporte souvent des fleurs. Kessané se contente d'appeler et ne mentionne même pas son père pendant le coup de fil.

« Il est évident que je pense à lui ce jour-là, avait-elle protesté, je le manifeste à ma manière et puis je ne suis pas très attachée à ces anniversaires de disparition. Et toi, maman, penses-tu à appeler Éliko pour son mari ? Me parles-tu de Béatrice ?

– Tu mélanges tout. Je te parle de ton père.

– Es-tu certaine d'être tendre avec moi ? » avait poursuivi Kessané.

Inimaginable, d'entendre des horreurs pareilles. Elle se souvient encore de son aînée, jeune maman émue, son bébé dans les bras. Kessané s'était tournée vers elle et lui avait dit quel exemple de mère elle avait été, combien, grâce à Daredjane, elle avait abordé la grossesse, l'accouchement et la maternité sereinement. Daredjane avait été si touchée que Tamaz l'avait senti et l'avait brusquement enlacée pour la soutenir.

Puis elle revoit Kessané, jeune fille, qui émerge d'un cauchemar et se précipite dans la chambre de sa sœur pour la regarder dormir. Veiller sur elle. Où étaient passés tous ces sentiments ?

Daredjane voudrait juste que ça s'arrête, que ses filles se réconcilient. Kessané devrait tendre la main à sa sœur.

« Maman, tu ressembles à une enfant qui ferait un caprice, s'était exclamée Kessané, comment peux-tu croire que ce soit si simple ? On ne peut pas résoudre le conflit à ta demande par magie. On est deux dans une rupture, deux pour se réconcilier. Je ne suis pas la seule fautive. Pourquoi c'est à moi que tu en veux ? Pourquoi me mets-tu tout sur le dos ? C'est trop dur. Arrête de ruminer une rancune injustifiée. »

Quelle mauvaise foi, s'était dit Daredjane. Tina aspire à renouer avec sa sœur, elle le sait, alors que Kessané se braque et pense avoir raison.

« Pourquoi tu ne m'as rien dit au sujet de la famille d'Othar ? » demande Kessané abruptement.

Daredjane est prise de court.

« De quoi parles-tu ?

– Tu sais de quoi je parle, toi et Tina m'avez caché avoir eu des nouvelles, tu sais comme ils comptaient pour moi.

– Ils comptaient pour nous aussi, déclare Daredjane, et on ne t'a rien caché. Je pensais que ta sœur te l'avait dit, elle a dû le faire puisque tu es au courant.

– Je l'ai su par Othar, que j'ai revu, répond Kessané.

– Alors ça, c'est le comble », n'avait-elle pu s'empêcher de s'exclamer.

Elle ne parvient pas à poursuivre.

Daredjane se sent fatiguée. Dix ans se sont écoulés et elle ne sait toujours pas vivre sans lui. Elle ne le veut pas, d'ailleurs. Elle dérive au gré de ses emportements, de ses tristesses. Certaines femmes arrivent à surmonter l'absence de l'être aimé. Pas elle. Et alors ? Doit-on la mépriser pour cela ? Quelque chose la taraude : avait-elle eu la bonne attitude avec Tamaz quand il s'était affaibli ? Elle avait fait ce qu'elle pouvait.

Lui qui prenait soin de sa santé, qui était sportif, s'était mis à dormir en pleine journée. La maladie entrait insidieusement dans leur vie. Il était de plus en plus fatigué, il ne la touchait plus, elle lui en faisait la remarque.

« À nos âges », la taquinait-il.

Elle n'avait plus envie de rire, elle le trouvait soudain déloyal.

« J'ai chié du sang », avait-il déclaré crûment.

Une information qu'elle avait jugée brutale et vulgaire. Pas le genre de Tamaz. Il changeait déjà. « C'est un ulcère », avait d'abord diagnostiqué le médecin. Puis l'un de ses reins n'avait plus fonctionné. On le lui avait retiré. On pouvait vivre avec un seul rein. Mais il n'avait pas vécu longtemps après ça. Il ne faisait plus rien, ne plaisantait plus. Il continuait de fumer la pipe. Elle ne supportait plus l'odeur du tabac.

« Maman, tu as toujours dit que tu aimais l'odeur de la pipe », la réprimandaient les filles.

Un jour, il lui avait dit : « Si je tombe malade et suis diminué, l'ombre de moi-même, tu m'abattras comme un animal. »

Elle avait répondu : « Tu n'es pas drôle. » Et elle avait ri. La phrase résonnait dans sa tête quand c'était arrivé. Elle s'était contentée de changer ses pansements, de lui donner à manger à la petite cuillère. Sans patience. Un peu brutalement. La panique dans son regard la faisait trembler de rage. L'humiliation la submergeait, engloutissait leur amour.

Une nuit avait été particulièrement horrible, il se vidait. Elle avait appelé ses filles.

« Ce n'est pas à tes filles de torcher leur père », lui avait plus tard reproché Éliko.

Elle lui avait raccroché au nez.

Puis la chambre d'hôpital. Elle voulait juste que ça s'arrête. Stopper la course folle du cancer, l'arrivée de la fin. Le dernier soir, il lui avait agrippé la main, elle avait caressé le bras squelettique, s'était penchée et l'avait embrassé, ce qu'elle n'avait pas fait depuis longtemps. Ses lèvres étaient rêches, mais c'était réconfortant et familier. Ils étaient restés collés par leurs bouches quelques minutes. Il s'endormait, elle était rentrée chez eux.

Les filles l'avaient appelée dans la nuit pour dire que c'était fini. Elles étaient passées la chercher pour la ramener à l'hôpital. La chambre était vide, le lit blanc et nu.

« Vous avez des affaires à récupérer, avait dit une infirmière, puis vous descendrez à la morgue. »

Et elle leur avait tendu un sac-poubelle.

Daredjane n'avait pas saisi.

« Où est-il ? avait-elle crié. Je veux le voir.

– On va aller le voir, maman », lui avaient assuré les filles.

Elles avaient repris l'ascenseur, changé de bâtiment, étaient descendues dans un sous-sol. Un employé avait déverrouillé une porte blindée et ouvert un tiroir. Dans le tiroir, un corps maigre au teint cireux qui avait un air de Tamaz.

« Pourquoi ils ne l'ont pas laissé dans la chambre ?

– Ils sont obligés de les mettre au frigo après un moment.

– Il est beau.

– On ne le reconnaît pas vraiment.

– Il faut lui choisir des vêtements.

– Son costume en velours, hein, maman ? C'est une bonne idée, le costume en velours, non ? »

Les filles parlaient, elle les entendait, incapable d'émettre un son.

Avaient suivi le choix du cercueil, les funérailles, ce qui serait dit ou fait. Une messe ? Oui, une messe. À l'église géorgienne.

« Mais il était contre, avaient dit les filles. Il était athée.

– Moi, je le veux, avait énoncé clairement Daredjane, un rituel géorgien, il m'a dit de faire ce que je voulais.

– Tu es sûre ? Il ne parlait pas de sa mort. Il ne voulait pas des prières de ces cons sur son corps.

– L'humour de votre père, je le connais mieux que vous. »

Les filles s'étaient inclinées. L'église géorgienne, les chants, lui avaient fait du bien.

Kessané et Tina ne s'étaient pas embrassées, ni prises dans les bras – elles ne le faisaient jamais, mais elles s'étaient soutenues, soudées. Daredjane les voyait comme une entité. Ses filles. Pour elle qui était enfant unique, la sororité était un cadeau précieux.

Chez le notaire, Tina avait passé un bras autour de ses épaules. Il était question de quarts de propriété, trois quarts pour les filles, un quart pour elle. Que racontait cet homme froid qui semblait ignorer sa douleur ? Elle avait protesté :

« Mais, enfin, je ne comprends pas, les filles n'ont pas besoin de tout ça, elles ont la vie devant elles, moi, il était ma moitié, j'ai tout perdu.

– Maman, tu mélanges tout, avait dit Kessané, on parle de la succession, vous aviez choisi ensemble, il voulait qu'on n'ait pas trop de frais à payer. Tu as l'usufruit, tu pourras t'en sortir très bien.

– Cela va prendre un peu de temps, avait expliqué le notaire. Il faut assurer les paiements mensuels, payer la facture de l'enterrement, les impôts, puis on soldera le compte de votre mari. Comme vous avez un compte joint, madame, ce sera plus simple pour les versements. Pour les frais de succession, vous avez un an pour les régler.

– Non, non, c'est à moi, je ne comprends rien, pourquoi dois-je payer quelque chose sur notre argent à nous ? Et pourquoi en donner aux filles ?

– On va t'aider à comprendre, avait dit Tina, ça va aller.

– C'est la loi, avait dit Kessané, c'est notre père.

– Mais, moi, j'ai perdu ma moitié », avait-elle répété.

Avant de quitter l'étude notariale, elle avait été aux toilettes et entendu ses filles discuter.

« C'est affolant, avait dit Kessané, je croyais que maman maîtrisait et décidait pour eux deux, mais finalement c'est papa qui devait s'occuper de tout. Sans lui, elle est complétement paumée.

– Oui, apparemment, avait renchéri Tina, mais moi je ne peux rien payer, je n'ai pas l'argent, comment on va faire ?

– Je ne sais pas, on verra, on pourra peut-être diviser en deux, entre maman et moi, avait répondu Kessané, ne t'inquiète pas. »

Daredjane s'était sentie à la fois soulagée et humiliée.

Kessané avait paru prendre un certain nombre de choses en main, puis soudain elle avait semblé en avoir assez et s'était détournée de leurs affaires de famille. Parfois, elle oubliait de lui faire un cadeau d'anniversaire.

«Bien sûr que non, protestait Kessané, je n'oublie jamais, tu l'as reçu un peu plus tard, c'est tout.»

Daredjane se rappellait seulement que les cadeaux de Kessané étaient somptueux, mais peu adaptés à ses véritables désirs. Tina, avec peu d'argent, choisissait toujours le bon présent.

Aurait-elle dû retourner en Géorgie après la disparition de Tamaz, comme Éliko la pressait de le faire? Ses parents étaient morts depuis longtemps, beaucoup de ses amis aussi, ses filles et ses petits-enfants étaient ici, son existence tournait autour d'eux, rien d'autre ne l'intéressait plus. Et puis elle aurait eu l'impression de le perdre une seconde fois. Elle préférait encore les affrontements, les blessures infligées.

«Comment ça se passait quand vos filles étaient petites?» lui avait demandé la psy lors de la seule séance où elle avait accepté d'aller.

Elle n'avait pas daigné répondre. Elle n'avait rien à dire à une inconnue. Elle bouillonnait intérieurement. Ça se passait très bien, madame, je vous remercie, nous sommes une famille unie, mes filles s'adoraient, bien sûr, elles se disputaient comme dans toutes les familles, mais, quand elles parlaient l'une de l'autre, elles disaient : « C'est ma sœur et ma meilleure amie. » On passait nos vacances ensemble, les Français s'exclamaient : « Quelle chance d'être aussi unis », ils nous enviaient, mon mari et moi, de passer autant de temps avec nos filles adultes, nous étions des grands-parents exemplaires, on s'occupait de nos petits-enfants, ce qui permettait à leurs parents de sortir, de s'amuser, mais, le plus souvent, ils nous invitaient, nous partagions leurs soirées, ils nous présentaient à leurs amis, mélange de générations. Voilà le genre de famille que nous sommes, madame, vous comprendrez que je n'ai pas besoin de vous. Je veux qu'on me laisse tranquille, qu'on me laisse avec mon chagrin.

Épilogue

J'ai hésité à frapper à ta porte, à venir te parler. Je me serais glissée dans ton lit comme lorsque j'étais enfant et tu m'aurais écoutée, occupée uniquement à me consoler. Comme alors, je t'aurais dit : « Maman chérie, je t'aime plus que tout. »

Des mots vains aujourd'hui. La consolation ne viendra pas. Et ce mur dressé entre nous, nous ne le franchirons plus.

Je t'ai parlé d'Othar. J'aurais voulu tout te dire. De mon amour pour lui. De ce qui nous arrive et nous enivre. Te raconter qu'il s'apprête à me rejoindre en France, à vivre ici avec moi, entre Paris et la Provence.

Tu n'as pas posé de questions. Pire, nos retrouvailles t'ont rendue furieuse.

Ton incapacité à te réjouir pour moi déchire chaque instant de bonheur.

T'écrire est un ultime recours. Pour tenter un futur qui ne serait pas aussi sombre que notre présent.

T'écrire pour mettre des mots à la place du chagrin.

Parfois, j'ai l'impression d'avoir traversé ces dix dernières années et non de les avoir vécues. Il me semble que vous me les avez volées. Comme vous m'avez pris la douleur de mes deuils.

« Pas un jour sans que je pense à lui ou à elle », disent les gens après la perte d'un être aimé.

Je n'ai pu ni pleurer papa, ni Béatrice, ni Bébia, ni Babou. Empoisonnée au quotidien par le venin que toi et Tina distillez.

J'ai besoin de te dire ma colère. Je voulais ma mère solide, pouvoir continuer à m'appuyer sur elle. Je n'ai pas supporté que tu sombres, que tu sois incapable de te relever.

Sans doute as-tu trouvé un bénéfice à t'accrocher à ta peine, à nourrir ta fureur.

Je te demande pardon pour l'immense colère qui m'a animée. Elle s'apaise avec le temps.

Proust écrit :

Il y a dans ce monde où tout s'use, où tout périt, une chose qui tombe en ruine, qui se détruit encore plus complétement, en laissant encore moins de vestiges que la beauté : c'est le chagrin.

Mon chagrin dure et durera. Il est celui du manque de toi.

Tu as cessé d'être ma mère à la mort de papa, je t'ai perdue en même temps que lui. Tu trouveras ces mots durs. Tu diras que je les utilise pour donner ma version, manipuler la réalité.

Il n'y a qu'une vérité d'émotions et de sentiments, qui nous appartient à chacune.

Je voudrais tisser avec les mots une couverture qui nous protégerait, à défaut de nous rapprocher. Je tente des mots plus doux.

T'écrire que je porte en moi la mère merveilleuse que tu as été. Elle demeure.

Je me souviens que nous nous aimions.

Kessané

Glossaire

Guénatsvalé: petit(e) chéri(e).

Tchoutchkhela: confiserie traditionnelle à base de jus de raisin épaissi et de noix, en forme de bougie.

Kargat Daédzdziné patara gogona: dors bien, petite fille.

Kartouli: danse de cour traditionnelle.

Keepi: repas de fête.

Khatchapouri: pain au fromage.

Khindzi: coriandre.

Khinkalis: raviolis le plus souvent fourrés à la viande.

Maimouni: petit singe.

Tamada: chef de table portant des toasts aux convives des *keepis*.

Tchoras: costume traditionnel d'homme.

Trémali: sauce aux prunes.

Remerciements

L'auteure remercie

Nino Japaridzé,
Salomé Kobakhidzé,
Feras Hamwy,
Françoise Galon.

CATALOGUE

171. VINCENT BOREL
La Vigne écarlate
172. MICHÈLE LESBRE
Rendez-vous à Parme
173. LÉONOR DE RÉCONDO
Manifesto
174. SERGE MESTRE
Regarder
175. CHRISTINE DE MAZIÈRES
Trois jours à Berlin
176. YANICK LAHENS
L'Oiseau Parker dans la nuit
177. EKA KURNIAWAN
Cash
178. FIONA KIDMAN
Comme au cinéma
179. LOUIS-PHILIPPE DALEMBERT
Mur Méditerranée
180. JEAN MATTERN
Une vue exceptionnelle
181. EDNA O'BRIEN
Girl

182. MICHEL RIO
Les Chéris de la princesse

184. ROBERT SEETHALER
Le Champ

185. MARION RICHEZ
Chicago

186. CATHERINE MAVRIKAKIS
L'Annexe

187. CATHERINE MAVRIKAKIS
Deuils cannibales et mélancoliques

188. CHRISTINE DE MAZIÈRES
La Route des Balkans

189. MICHÈLE LESBRE
Tableau noir

190. DIMA ABDALLAH
Mauvaises herbes

191. DIANE MEUR
Sous le ciel des hommes

192. TIFFANY TAVERNIER
L'Ami

193. *FIONA KIDMAN*
Albert Black

194. CLAIRE KEEGAN
Ce genre de petites choses

195. BEYROUK
Parias

196. JEAN MATTERN
Suite en do mineur

197. EDNA O'BRIEN
James & Nora

198. CATHERINE MAVRIKAKIS
L'Absente de tous bouquets

199. LOUIS-PHILIPPE DALEMBERT
Milwaukee Blues

200. MARIE RICHEUX
Sages femmes

201. JAN CARSON
Les Lanceurs de feu

202. VINCENT BOREL
Vertige de l'hélice

203. DIMA ABDALLAH
Bleu nuit

204. ROBERT SEETHALER
Le Dernier Mouvement

205. CONOR O'CALLAGHAN
Personne ne nous verra

206. JOHN McGAHERN
Entre toutes les femmes

207. CLAIRE KEEGAN
Misogynie

208. GABRIEL BYRNE
Mes fantômes et moi

209. SARAH JOLLIEN-FARDEL
Sa préférée

210. KÉTHÉVANE DAVRICHEWY
Nous nous aimions

ACHEVÉ D'IMPRIMER
EN MAI 2022
SUR LES PRESSES
DE
L'IMPRIMERIE F. PAILLART
À ABBEVILLE
POUR LE COMPTE
DE SABINE WESPIESER ÉDITEUR

IMPRIMÉ EN FRANCE
NUMÉRO D'ÉDITEUR : 210
ISBN : 978-2-84805-457-5
DÉPOT LÉGAL : AOÛT 2022